Lebenshilfe Berlin (Hrsg.)

Die Kunst der Einfachheit

Geschichten in Einfacher Sprache

Lebenshilfe

Lebenshilfe Berlin (Hrsg.)

Die Kunst der Einfachheit

Geschichten in Einfacher Sprache

Lebenshilfe-Verlag Marburg 2015

Bibliografische Information Der Deutschen Bibliothek

Die Deutsche Bibliothek verzeichnet diese Publikation in der Deutschen Nationalbibliografie; detaillierte bibliografische Daten sind im Internet über http://dnb.ddb.de abrufbar.

Herausgeber:
Bundesvereinigung Lebenshilfe e.V.
Raiffeisenstraße 18, 35043 Marburg
Tel.: (0 64 21) 4 91-0
Fax: (0 64 21) 4 91-167
E-Mail: bundesvereinigung@lebenshilfe.de
Internet: www.lebenshilfe.de

Lektorat: Roland Böhm
Satz und Gestaltung: Heike Hallenberger

Titelbild: Wolfgang Fassott, Berlin
Bildnachweis: Angelika Bartelt (S. 176), Mario Herschel (S. 168), Klaus Kraus (S. 130), Herbert Meyer (S. 66), Karin Peterseim (S. 46), Hildegard Wittur (S. 100) und Rudolf Xanke (S. 124)
Druck: Druckhaus Beltz, Bad Langensalza

ISBN 978-3-88617-552-9
1. Auflage 2015

Inhalt

Vorwort

In diesem Buch finden Sie eine Auswahl der Geschichten des 2. Literatur-Wettbewerbs „Die Kunst der Einfachheit".

Viele von Ihnen haben bestimmt schon etwas von Texten in Einfacher Sprache gehört. Aber von Literatur in Einfacher Sprache? Das klingt sicher ungewohnt.

Literatur in Einfacher Sprache ist möglich und wichtig.
Es gibt Menschen, die Geschichten und Gedichte lieben.
Aber die meiste Literatur ist zu schwierig für sie.
Und ihnen ist die Schrift oft viel zu klein.
Viele Menschen brauchen Einfache Sprache,
damit sie alles verstehen können.

Deshalb hat die Lebenshilfe Berlin Schriftsteller aufgefordert, Geschichten und Gedichte in Einfacher Sprache zu schreiben. Viele haben sich von dem Literatur-Wettbewerb angesprochen gefühlt. Wir haben 741 Texte aus 15 Ländern erhalten. Viele Schriftsteller haben durch den Wettbewerb das 1. Mal von Einfacher Sprache gehört. Sie fanden die Idee gut.

Leider können wir nicht alle eingesendeten Texte veröffentlichen.

Wir danken aber allen Autoren und Autorinnen ganz herzlich für ihre Einsendungen.

Die LEA Leseklubs haben die drei besten Texte ausgewählt.

LEA steht für **L**esen **E**inmal **A**nders. Die LEA Leseklubs sind Lesezirkel für Menschen mit und ohne Behinderung.

Das sind die Gewinner des 2. LEA Literatur-Wettbewerbs:

Alexandra Lüthen hat für ihre Geschichte „Maras Baby" den 1. Platz bekommen. Die Geschichte handelt von Mara. Mara wohnt mit ihrem Freund bei seiner Mutter. Sie wünscht sich so sehr ein Baby. Aber alle sind dagegen. Heimlich nimmt sie nicht mehr die Pille. Mara wird schwanger. Sie bekommt ein Baby. Sie ist glücklich. Aber sie merkt auch, wie anstrengend ein Baby ist.

Die 2. Gewinnerin ist **Marlies Kalbhenn** mit ihrer Geschichte „Meine Freundin Anna". Katharina ist Schülerin. Sie möchte ein Praktikum in einem Friseur-Salon machen. Aber Katharina bekommt nur einen Platz in einem Altersheim. Zuerst ist sie darüber sehr unglücklich. Doch dann lernt sie Anna kennen.

Der 3. Gewinner ist **Jonas Kleindienst** mit seiner Geschichte „Berlin“. Josch zieht nach Berlin.
Seine Familie ist darüber nicht glücklich.
Seine Freundin auch nicht. Berlin ist groß, laut und stinkt.
Doch Josch gefällt es in Berlin.
Berlin ist bunt. In Berlin ist immer was los.

Andrea Lauer ist die Gewinnerin
des 1. Literatur-Wettbewerbs
„Die Kunst der Einfachheit“ von 2013.
KuBus e.V hatte den Wettbewerb ausgerufen.

Das LEA Literatur-Fest und den Literatur-Wettbewerb „Die Kunst der Einfachheit“ 2015 hat die Lebenshilfe Berlin veranstaltet. Aktion Mensch hat das Projekt gefördert.

Wir möchten gern wissen, ob Ihnen die Geschichten und Gedichte auch so gut gefallen haben wie uns.
Schreiben Sie uns bitte Ihre Meinung.

Per E-Mail: leseklub@lebenshilfe-berlin.de
oder per Fax: (0 30) 82 99 98-220.

Maras Baby

von Alexandra Lüthen

Mara ist 27.
Sie hat lange dunkel-braune Haare.
Sie liebt Süßigkeiten und kauft sich gerne welche.
Deshalb ist sie ein bisschen dick.
Aber das stört sie nicht.

Mara hat einen Freund.
Er heißt Dominik und ist so alt wie sie.
Sie treffen sich oft.

Am Anfang gab es viel Streit mit Maras Eltern.
Dominiks Mutter hat mit Maras Eltern gesprochen.
Das hat geholfen und jetzt wohnen Mara und Dominik sogar zusammen.
Bei Dominiks Mutter in einem Zimmer.

Tagsüber geht Mara in die Werkstatt arbeiten.
Dominik hat sogar eine Stelle im Supermarkt.
Abends essen sie zusammen.
Mara kann gut kochen, das macht sie auch in der Werkstatt.

Noch später, wenn sie schlafen gehen, ist es sehr schön.
Mara liebt Dominiks Körper.

Sie fasst ihn gerne an.
Sie hat keine Angst, wenn er sie anfasst.
Er findet sie wunderschön.
Das sagt er ihr oft.

Mara kann gut mit Kindern umgehen.
Mittags kommen viele Kinder zum Essen
in die Werkstatt.
Sie machen das Essen für die Hort-Kinder
aus der Schule.

Mara möchte gerne selbst ein Kind haben.
Ein ganz kleines, um das sie sich kümmern kann.
Sie weiß, dass sie das gut kann.
Immer, wenn sie ein Baby sieht, zieht es in ihrem Bauch.
Sie geht ganz nah heran und lacht.
Dann staunt das Baby sie an.
Es reißt die Augen auf und lacht auch.
Das will Mara öfter sehen.
Manchmal darf sie ein Baby auf den Arm nehmen.
Das Baby gehört ihrer Schwester.

Mara schaukelt es auf ihrem Schoß.
Jedes Mal muss sie das Baby zurück-geben.
Mara will das nicht mehr.
Sie will ein eigenes Baby, das immer bei ihr bleibt.

Dominik ist einverstanden.
Er hätte auch gerne eine Mara in ganz klein.
Es wird so hübsch wie Du, sagt er.
Nein, wie Du, sagt Mara
und streichelt Dominiks helle Haare.

Mara versteckt die Pillen, die sie nicht mehr nimmt.
Sie steckt sie einfach in den Blumen-Topf.
Die Blume wächst seitdem viel besser, findet sie.
Dominiks Mutter fragt nicht nach.
Sie verlässt sich auf Mara.
Mara weiß, dass sie ein bisschen lügt.
Aber das Baby ist wichtiger.

Zuerst ist alles wie immer.
Nach ein paar Wochen fragt Dominiks Mutter,
warum Mara keine Binden mehr braucht.
Mara sagt, sie hat noch welche.
Aber das stimmt nicht.

Das Bluten hat aufgehört.
Mara hat noch mehr Lust auf Süßigkeiten
und sie ist jetzt sehr müde manchmal.
Dominiks Mutter macht Streit.
Mara, sagt sie, da stimmt doch was nicht.
Wir gehen zum Arzt.
Mara ist einverstanden.

Dominik geht nicht mit.
Auf dem Bildschirm beim Arzt kann man einen weißen Punkt sehen.
Er blinkt ganz schnell.
„Mara ist schwanger, man kann das Baby schon sehen", sagt der Arzt.
Dominiks Mutter schüttelt den Kopf.
Mara guckt und guckt und guckt auf den weißen Fleck auf dem Bildschirm.
„Hallo Baby!" sagt sie.
„Sie müssen zur Beratung", sagt der Arzt.
„Noch ist Zeit."

Sie gehen nach Hause.
Als Dominik nach Hause kommt, strahlt Mara ihn an.
„Wir bekommen ein Baby", sagt sie.
Dominik jubelt.

Dann wird er still, weil seine Mutter am Kühlschrank steht und weint.
Sie hat das Telefon in der Hand
und ruft Maras Eltern an.
„Kommt morgen Abend zu uns, wir müssen etwas besprechen.
Es ist wichtig." sagt sie.

Am nächsten Abend sind alle da.
Mara will von dem Baby erzählen, aber keiner hört zu.
Alle sagen Sachen.
Mara hört: Das geht doch nicht.
Wie konnte das passieren?
Wir dachten, Du passt auf, dass sie die Pille nimmt.
Was machen wir denn jetzt?

Da sagt Mara: Ihr müsst gar nichts machen.
Das ist unser Baby.
Wir lieben uns und wir wollen es haben.
Wir können das alleine.

Es gibt noch mehr Streit.
Mara soll wieder zum Arzt.
Sie ist nicht einverstanden.
Das Baby soll weg.
Aber niemand darf ihr das Baby wegnehmen.

Mara hat eine Idee.
Sie erzählt von dem schönen Gefühl,
wenn man ein Baby im Arm hält.
Und sie sagt: Ihr dürft es alle auch mal halten.
Es wird ein ganz süßes Baby.
Entweder mit dunklen Haaren, wie ich oder hellen,
wie Dominik.
Ihr habt mich lieb und ihr habt Dominik lieb.

Ihr müsst das Baby auch liebhaben.
Sonst bringe ich mich um.
Mara meint es ganz ernst.
Jetzt muss sie auch weinen.
Das ist oft so.
Erst ist sie ganz wütend und dann ganz traurig.

Keiner sagt was.
Sogar Maras Vater, der vorher rumgebrüllt hat, ist still.
Dominiks Mutter sagt etwas:
Das stimmt, wir haben euch lieb.
Wir werden auch das Baby liebhaben.
Aber es ist nicht einfach.
Wir müssen alle einverstanden sein und alle helfen.
Dann sagt sie zu Maras Mutter:
Ich weiß, Du bist nicht begeistert.
Aber war es nicht schön, als Mara klein war?

Maras Mutter weint immer noch, aber sie nickt.
Dominiks Mutter sagt jetzt zu Maras Vater:
Und Du bist doch gut im Anträge schreiben.
Da gibt es doch Möglichkeiten.
Und ich kann weniger arbeiten
und habe dann mehr Zeit.
Maras Mutter fragt: Aber willst Du das wirklich machen?
Ja, sagt Dominiks Mutter.
Man muss eben das tun, was dran ist.

Und jetzt ist eben ein Baby dran.
Ich will mich auf das Baby freuen.
Mara lächelt.
Sie kann das Baby in ihrem Bauch fühlen.
Es bewegt sich noch nicht, aber sie spürt, dass es da ist.

Die nächsten Monate sind anstrengend.
Mara wird immer dicker.
Viel zu dick, sagt der Arzt.
Aber Mara will gut für das Baby sorgen.
Also isst sie sehr viel.

Dominik findet sie immer noch schön.
Abends sprechen sie mit dem Baby im Bauch.
Es kann sie schon hören, sagt der Arzt.

Als das Baby geboren werden will,
fährt Mara ins Krankenhaus.
Es tut sehr weh und Mara will, dass es aufhört.
Aber Dominiks Mutter ist dabei und streichelt sie.
So ist das, sagt sie.
Es tut weh, ein Baby zu bekommen.
Aber das muss so sein und gleich hast Du es geschafft.

Mara brüllt und drückt und schiebt
und dann ist das Baby da.
Es liegt klein und nackt auf ihrem Bauch.

Es sieht überhaupt nicht so aus, wie ein richtiges Baby.
Es ist nackt und hat viele Falten.
Es schreit.
Mara kann sich nicht gut bewegen.
Sie ist froh, als das Baby von ihr runter ist.
Es wird angezogen und Mara muss noch liegen bleiben.

Als die Kranken-Schwester das Baby wieder bringt, staunt Mara.
Das Baby sieht so niedlich aus.
Es hat dunkle Haare wie Mara, aber es ist ein Junge, wie Dominik.
Die Kranken-Schwester zeigt Mara, wie das Baby an ihrer Brust trinken kann.
Es ist ganz schön schwierig.
Mara braucht Hilfe dabei.
Sie hört das Baby schmatzen und dann schläft es ein.
Mara ist auch müde.
Aber sie kann so nicht gut schlafen.
Sie ist noch aufgeregt.

Es ist gut im Krankenhaus.
Immer ist jemand da zum Helfen.
Maras Eltern kommen zu Besuch.
Sie lieben das Baby.
Maras Mutter trägt es herum.
Mara wird eifersüchtig. Das ist ihr Baby!

Als Mara nach Hause kommt, ist sie müde.
Sie gibt das Baby Dominiks Mutter und geht ins Bett.
Sie ist gerade eingeschlafen, da schreit das Baby.
Es will an der Brust trinken, sagt Dominiks Mutter.
Mara hat keine Lust dazu.
Sie will jetzt schlafen.
Das Baby braucht aber Milch, sagt Dominiks Mutter.
Also stillt Mara das Baby.
Es tut weh.
Die Brust ist schon ganz wund.
Es gibt Streit.

Am nächsten Tag kommt die Hebamme.
Sie beschließen, dass das Baby Milch aus einer Flasche bekommt.
Mara bekommt Tabletten für die Brust.
Dominiks Mutter geht Milch einkaufen.
Mara ist alleine mit dem Baby.
Mara ist müde.
Das Baby weckt sie nachts oft auf.
Dominik war davon genervt.
Deshalb hat er auf dem Sofa geschlafen.
Und Mara musste mit dem Baby aufstehen
und es herumtragen.

Das Baby kann ganz schön laut schreien.
Es sieht zornig aus.

So wie Maras Vater, wenn er sehr wütend ist.
Mara weint jetzt auch.
Sie geht weg von dem Geschrei.
Sie geht auf´s Klo und schließt die Tür ab.
Sie hört das Schreien immer noch.
Dominiks Mutter ist noch in der Arbeit.
Die Trink-Flaschen für das Baby stehen in der Küche.
Mara macht eine warm.
Aber das Baby will nicht trinken.
Es will überhaupt nichts.
Nur schreien.

Mara guckt auf den Zettel von der Hebamme.
Sie hat eine Flasche, eine Windel und ein Herz gemalt.
Damit Mara sich an die drei Sachen erinnert,
die wichtig sind: Trinken, wickeln und liebhaben.
Trinken und liebhaben war nicht das Richtige,
also Wickeln.
Mara kann das gut. Sie spricht mit dem Baby,
das immer noch schreit.
So, sagt sie, hier habe ich alles: Feuchte Tücher,
eine frische Windel und einen sauberen Anzug.

Mara zieht das Baby aus.
Saubermachen kann sie gut.
Sie wischt dem Baby das Kacki vom Popo.
Es stinkt gar nicht, findet sie.

Das Baby wird ruhig.
Es guckt Mara an.
Es lächelt sogar.
Dann fängt es an zu pinkeln,
obwohl es noch keine neue Windel anhat.
Mara muss lachen.
Obwohl sie so müde ist.
Das Baby streckt sich.
Es ist auch müde.
Mara zieht die frische Windel an und eine kleine Hose.

Sie nimmt das Baby auf den Arm.
Es macht den Mund auf.
Mara versucht es nochmal mit der Flasche.
Das Baby trinkt und dann schläft es ein.
Mara sitzt mit dem Baby auf dem Sofa.
Es ist leise und gemütlich.
Sie schläft auch ein bisschen.

Als Dominiks Mutter von der Arbeit kommt,
räumt sie alles auf.
Sie schickt Mara mit dem Baby spazieren.
Mara holt Dominik vom Supermarkt ab.
Er freut sich.
Sie gehen zusammen nach Hause.
Als es Abend ist, weint das Baby wieder.
So ist das eben, sagt Dominiks Mutter.

Wechselt euch ab mit dem Tragen.
Vater und Mutter müssen sich abwechseln.
Und ich helfe euch.
Ich nehme das Baby die nächste Stunde
und ihr könnt euch hinlegen.
Mara und Dominik liegen im Bett und kuscheln.
Das Baby ist bei Dominiks Mutter.
„Du fehlst mir“, sagt Mara, „den ganzen Tag bist Du
nicht da und ich bin mit dem Baby allein“.

„So ist das eben“, sagt Dominik, „ich muss doch Geld
verdienen für Dich und das Baby“.
Das versteht Mara.
Trotzdem ist sie traurig.
„Willst Du mit mir schlafen?“ fragt Dominik.
Aber Mara hat keine Lust dazu.
Jetzt ist Dominik sauer.
Er hat schon lange darauf gewartet.

So vergehen die Tage.
Mara ist jeden Tag müde,
aber sie schafft es mit dem Baby.
Sie haben eine Geheim-Sprache.
Mara weiß immer schneller, was das Baby braucht.
Sie muss gar nicht mehr auf den Zettel sehen.
Dominiks Mutter hat Maras Eltern angerufen,
weil sie so erledigt war.

Jetzt kommt jeden Tag jemand vorbei.
Maras Mutter oft am Vormittag,
Maras Vater manchmal abends,
Maras Schwester mit ihrem Kind meist nachmittags.
Die restliche Zeit ist Dominiks Mutter da.

Mara hat manchmal keine Lust auf das Baby.
Sie will auch wieder alleine sein.
Aber das geht nicht mehr.
Wer ein Baby hat, hat es für immer.
Dafür sieht es jetzt genau so aus,
wie Mara es sich vorgestellt hat.
Es ist dicker und größer geworden, es kann lachen und glucksen und Spucke-Blasen machen.
Und wenn es Mara sieht, dann strahlt es.
Mara ist müde.
Mara ist glücklich.
Mara ist eine ganz normale Mutter.

Meine Freundin Anna

von Marlies Kalbhenn

Eigentlich wollte ich das Praktikum
in einem Friseur-Salon machen.
Wir haben fünf Salons in der Stadt.
Aber in keinem wollten sie mich nehmen.
„Frag im Altersheim“, sagt Mama beim Mittagessen.
„Im Altersheim können sie jede Hand gebrauchen.“

Mama arbeitet in einer Fabrik.
Dort muss sie jeden Tag Ärmel in Pullover einnähen.
Jeden Tag 8 Stunden lang.
Statt in der Fabrik würde sie lieber im Altersheim
arbeiten.
„Im Altersheim habe ich es mit Menschen zu tun,
nicht mit Maschinen“, sagt sie.
„Als Friseurin habe ich auch mit Menschen zu tun“,
sage ich.
Ich bin sehr traurig, dass mich kein Salon nehmen will.

Heute ist Samstag.
Das Praktikum soll am Montag beginnen.
Deshalb fahre ich nach dem Essen mit dem Fahrrad zum
Lindenhof. Lindenhof – so heißt unser Altersheim.
„Ich bin Schülerin. Und ich muss ein Praktikum machen.
3 Wochen lang.

Haben Sie eine Stelle für mich?“, frage ich.
Sie haben eine Stelle.
Aber ich bin nicht froh.
Denn eigentlich wollte ich das Praktikum
in einem Friseur-Salon machen.

Im Lindenhof ist es schrecklich.
Ich werde mir eine andere Stelle suchen.
Vielleicht können sie mich im Supermarkt gebrauchen:
Waren auspacken und ins Regal stellen:
Das ist besser, als den ganzen Tag mit alten Leuten
zusammen zu sein.
Einige sind freundlich zu mir.
Einige nicht.
Einige tun mir leid.
Sie liegen nur im Bett.
Sie werden gefüttert und gewindelt wie Babys.
Beim Füttern darf ich helfen.
Windeln wechseln darf ich nicht.
Doch das möchte ich auch nicht.

„Ich kann Sie gut verstehen, Katharina“,
sagt Frau Simon, als ich mich am Freitag-Nachmittag
von ihr verabschiede.
„Den ganzen Tag mit uns brummigen Alten verbringen
zu müssen, ist schrecklich.“
„Sie sind keine brummige Alte“, sage ich.

Frau Simon lacht. „Warten Sie nur, bis Sie mich richtig kennengelernt haben.
Aber Sie wollen ja nicht wiederkommen.
Also können Sie mich gar nicht mehr richtig kennenlernen.
Und ich Sie auch nicht, Katharina.
Wie schade!"
Ich weiß nicht, was ich sagen soll.
„Ich werde Sie vermissen, Katharina!"
„Wirklich?"
„Wirklich!"

Das ganze Wochenende denke ich an Frau Simon.
Sie ist so klein und so fein.
Ihre Haare sind grau.
Im Sonnenlicht glänzen die vielen Löckchen wie Silber!
Ihre Haut ist nicht ganz weiß und nicht ganz gelb.
Ich muss an Elfenbein denken.
Ja.
Genau wie Elfenbein sieht ihre Haut aus.
Nur die Wangen schimmern rosa.
Weil Frau Simon jeden Morgen Puder aufträgt.

Grau und Rosa sind ihre Lieblings-Farben.
Sie trägt einen grauen Rock und eine rosa Bluse.
Auch ihr Sofa und ihre Sessel sind grau.
Die Sofa-Kissen und die Tisch-Decken sind rosa.

„Alt-rosa“, so nennt sie den Farbton.
„Altes Rosa für eine alte Frau, Katharina!“

„Frau Simon ist eine fabelhafte Frau“, hat Frau Mertens zu mir gesagt.
„Eine feine Dame!“
Frau Mertens ist eine der Alten-Pflegerinnen.
Ich kenne den Unterschied zwischen Frau und Dame nicht.
Und was „fabelhaft“ ist, weiß ich auch nicht so genau.
Aber dass Frau Simon klein und fein ist, habe ich gleich am ersten Tag gemerkt.
Wenn sie neben mir steht, fühle ich mich noch dicker und noch größer, als ich bin.
„Fettes Schwein“, sagt ein Junge auf dem Schulhof manchmal zu mir.
Nur deshalb habe ich keine Stelle in einem Friseur-Salon bekommen: Weil ich zu fett und zu groß bin!

Unser Badezimmer zu Hause hat kein Fenster.
Wenn ich mich wasche, knipse ich das Licht nicht an.
Ich lasse nur die Tür ein bisschen auf.
Ich will mich nicht richtig ansehen.
Einmal, an einem Sonntag-Morgen, ist Mama überraschend ins Bad gekommen.
„Was soll das, Katharina?“, hat sie gefragt.
Und dann hat sie das Licht angemacht und den Kopf geschüttelt.

Ich habe so getan „als ob".
Als ob ich in den Spiegel schaute.
Ich sah mich und sah mich doch nicht.
Ich sah durch mich hindurch.
In der Woche habe ich morgens das Bad für mich allein.
Denn Mama muss schon um 6 Uhr in der Fabrik
an der Nähmaschine sitzen.

Eigentlich bin ich nicht nur morgens allein,
sondern auch mittags und nachmittags.
Wenn ich aus der Schule komme,
ist Mama noch in der Fabrik. Danach geht sie putzen.
Und abends ist sie so müde,
dass sie schon bei der Tagesschau einschläft.
Auch am Samstag-Morgen geht sie putzen.
Und am Sonntag kümmert sie sich um den Haushalt.
Seit Papa tot ist, muss Mama für 2 arbeiten.

Papa war viel dicker und viel größer als ich.
Aber es hat ihm nichts ausgemacht.
Und Mama und mir hat es auch nichts ausgemacht.
Wir haben ihn geliebt, so wie er war.
Und er hat uns geliebt.
Und er war stolz auf seine große, starke Tochter.
„Katharina die Große" hat er mich manchmal genannt.

Mein großer, starker, immer fröhlicher Vater
ist vor 2 Jahren gestorben.
Seitdem sind Mama und ich an keinem Tag mehr richtig fröhlich gewesen.

„Ich werde Sie vermissen, Katharina!"
Das hat Frau Simon gesagt.
Das ganze Wochenende muss ich an diesen Satz denken.

„Schön, dass du weitermachst", sagt Frau Mertens am Montag-Morgen.
Aber nicht alle freuen sich, mich wiederzusehen.
Frau Weber wohnt in dem Zimmer neben Frau Simon.
Heute Morgen kann ich ihr gar nichts recht machen.
„Mach das Fenster auf, es ist zu heiß!"
Ich mache das Fenster auf.
„Nein, mach' das Fenster wieder zu. Es zieht!"
Oder der Kaffee.
Erst ist er Frau Weber zu heiß.
„Soll ich mir den Mund verbrennen?"
Ich gieße etwas kaltes Wasser auf den Kaffee.
„Pfui", schimpft Frau Weber, „der ist ja lauwarm!
Außerdem ist er viel zu bitter.
Willst du mich vergiften?"
Ich gebe 3 kleine Löffel Zucker in den Kaffee-Becher.
„Diese süße Plörre soll ich trinken?"

Frau Weber ist empört.
„Was bist du nur für ein grobes, ungeschicktes Mädchen!“

„Frau Weber hat nur gemeckert“,
erzähle ich Frau Simon.
„Sie wollten nicht wiederkommen“, sagt Frau Simon.
„Und jetzt sind Sie hier. Warum?“
„Ihretwegen“, sage ich leise.
„Weil Sie gesagt haben, dass sie mich vermissen werden.“
„Haben Sie ein bisschen Zeit?“, fragt Frau Simon.
Ich nicke.
„Dann setzen Sie sich zu mir.“

Ich setze mich in einen der grauen Sessel.
Frau Simon gießt Orangen-Saft in 2 Gläser.
Wir trinken einen Schluck.
„Frau Weber ist einsam“, sagt Frau Simon.
„Sie wartet auf einen Besuch von ihrem Sohn.
Sie hat nur den einen Sohn.
Aber er wohnt weit weg.
Und er kommt nur sehr selten.
Frau Weber wartet und wartet und wartet.
Auf einen Besuch, einen Brief, einen Anruf.
Es ist jetzt länger als 3 Monate her,
dass ihr Sohn hier war.“

„Haben Sie Kinder?“, frage ich.
„Nein“, sagt Frau Simon. „Keinen Mann und keine Kinder.“
„Warum nicht?“
„Das ist eine lange Geschichte.
Aber die erzähle ich dir vielleicht ein anderes Mal.“
„Sind Sie auch einsam wie Frau Weber?“,
will ich wissen.
„Einsam nicht.
Aber allein.
Allein bin ich oft.“

„Ich bin auch oft allein. Vielleicht auch einsam.
Aber jetzt habe ich ja Sie“, sage ich.
„Und ich habe Sie, Katharina“, sagt sie.
„Und Sie tun mir richtig gut!“

Am nächsten Tag pflücke ich im Park des Lindenhofes zwei Sträuße Wiesenschaum-Kraut.
Einen für Frau Simon und einen für Frau Weber.
Zuerst gehe ich zu Frau Weber.
Auf ihrem Tisch steht eine Vase ohne Blumen.
Als ich das Wiesenschaum-Kraut hineinstellen will,
rutscht mir die Vase aus der Hand.
Sie fällt auf den Fußboden und zerbricht in viele Stücke.
„Kannst du nicht aufpassen, Fräulein Ungeschickt?“,
keift Frau Weber.

„Ist Ihnen noch nie etwas hingefallen?“, sage ich ruhig.
Ich bücke mich, sammele die Scherben in den kleinen
Abfall-Korb und gehe hinaus.

Als ich mit einer neuen Vase ins Zimmer komme, sagt
Frau Weber: „Ich muss mich bei dir entschuldigen.
Das Wiesenschaum-Kraut ist wunderschön.
Es erinnert mich an meine Kindheit.
Als ich ein kleines Mädchen war,
habe ich selbst solche Sträuße gepflückt.“

Plötzlich sind die 3 Wochen um.
An meinem letzten Praktikums-Tag bin ich
fast ein bisschen traurig.
„Besuchen Sie mich hin und wieder, Katharina“,
sagt Frau Simon beim Abschied.
„Ich würde mich sehr freuen.“
„Dann müssen Sie aber endlich Du zu mir sagen.“
„Versprochen, Katharina!
Und du sagst ab sofort Anna zu mir. Bitte!“

Jeden Dienstag-Nachmittag und
jeden Donnerstag-Nachmittag besuche ich Anna.
Und in den Sommer-Ferien gehe ich
fast jeden Nachmittag zu ihr.
Bei gutem Wetter gehe ich mit ihr durch den Park.
Oder ich begleite sie in die Stadt.

Ich gehe mit ihr in die Buchhandlung, in die Apotheke,
in den Blumen-Laden.
Und hinterher gehen wir ins Café.

Im Mode-Geschäft am Markt kauft sich Anna eine Bluse
in altem Rosa und einen grauen Rock.
„Ich habe gar nicht gewusst, dass Sie eine Enkel-Tochter
haben“, sagt die Verkäuferin.
Anna lacht. „Das habe ich selbst bis vor kurzem nicht
gewusst.“

Ist das Wetter schlecht, bleiben wir in Annas Zimmer.
Manchmal lese ich ihr aus einem ihrer vielen Bücher vor.
Ich bin keine gute Vorleserin.
Aber Anna lobt mich jedes Mal.
Und ich merke, dass ich von Vorlesen zu Vorlesen
sicherer werde.

Manchmal spielen wir zusammen Mühle.
Anna spielt besser als ich.
Ab und zu lässt sie mich gewinnen.
Ich merke es.
Aber das sage ich ihr nicht.

Am liebsten habe ich es, wenn Anna von ihrer Kindheit
in Danzig erzählt und mir Fotos von der Stadt zeigt,
in der sie vor 85 Jahren geboren wurde.

Besonders gut gefallen mir die alten schmalen Häuser
mit den kleinen Treppen und Terrassen
vor den Eingängen.
„Das sind die berühmten Danziger Beischläge“,
erklärt Anna.
„Beischläge“, sage ich. „Das habe ich noch nie gehört.“
Es gibt so vieles, was ich noch nie gehört habe.

Anna erzählt von den Sommerferien an der Ostsee.
Einmal hat sie am Strand einen großen Bernstein
gefunden.
„Ein Juwelier in Danzig hat ihn geschliffen und poliert
und einen schönen Ketten-Anhänger daraus gemacht“,
sagt sie.
Sie steht auf und holt aus ihrer Kommode ein Kästchen.
„Mach es auf“, sagt sie.
Der rot-braune Stein hängt an einer silbernen Kette.
Er ist wunderschön.
Ganz leicht liegt er in meiner Hand.
Er ist durchsichtig.
In seinem Inneren sind schwarze Pünktchen.
„Schau dir die Pünktchen genau an“, sagt Anna.
„Die Pünktchen sind kleine Blätter“, staune ich.
„Und 2 winzige Tiere erkenne ich auch.“
Anna erklärt, wie die Blätter und die Tierchen
in den Stein gekommen sind.
Es ist eine lange Geschichte.

Obwohl ich gut zuhöre, verstehe ich nicht alles.
„Das macht nichts“, sagt Anna.
„Du hast noch so viel Zeit, Dinge zu verstehen.
Hauptsache, der Stein gefällt dir.“
„Und ob!“, sage ich.
„Ich habe noch nie so etwas Schönes gesehen.“
Plötzlich nimmt Anna den Stein
und hält ihn an mein Haar.
„Er hat die Farbe deines Haares“, sagt sie.

Heute erzählt Anna vom Krieg.
Und von der Flucht im Februar 1945
zusammen mit ihrer Mutter und ihrem kleinen Bruder.
„Er ist auf der Flucht gestorben.
Erfroren oder verhungert.
Vielleicht beides.“

Nach dem Krieg hat Anna als Kuh-Magd
bei einem Bauern gearbeitet.
Später ist sie Kinder-Krankenschwester geworden.
Eigene Kinder hat sie ja nicht.
Und einen Mann hat sie auch nicht gehabt.
„Es gab nach dem Krieg zu viele Frauen
und zu wenige Männer“, sagt sie.
„Viele Männer sind im Krieg geblieben, Katharina.
Sie waren Soldaten.
In Frankreich, in Russland und anderswo.

Und sie sind dort gefallen.
Gefallen, so hat man das genannt.
Gefallen klingt nicht so schrecklich wie gestorben.

Ein Kind ist gefallen.
Es hat sich vielleicht die Knie ein wenig aufgeschlagen.
Aber es steht wieder auf.
Vielleicht weint es ein bisschen.
Vor Schreck.
Oder weil es in den Arm genommen werden will.
Kurze Zeit später spielt es fröhlich weiter.
Dann stolpert es erneut über seine kleinen Füße
und fällt.
Und steht wieder auf.

Die Männer, die im Krieg gefallen sind,
sind nicht wieder aufgestanden.
Im Krieg gefallen heißt: Im Krieg gestorben!
Millionen tote Männer, Katharina!
Und von denen, die den Krieg überlebten,
habe ich keinen mehr abbekommen."

Ich stehe auf und gehe zu Anna, die auf dem Sofa sitzt.
Ich setze mich neben sie und nehme sie in den Arm.

Ich mache wieder Licht im Badezimmer.
Und ich schaue in den Spiegel.

Jedes Mal, bevor ich zu Anna gehe, wasche ich mir
meine bernstein-farbenen Haare.
Wenn sie frisch gewaschen sind,
schimmern sie besonders schön.

Früher, vor Anna, war es mir egal, was ich anhatte.
Jetzt achte ich darauf, dass die Sachen
zusammenpassen.
Und dass sie sauber sind.
Weil Mama so viel Arbeit hat,
mache ich jetzt die Wäsche.
„Du hast dich sehr verändert, Katharina", sagte Mama
gestern Abend zu mir.
„Ich muss mich bei deiner Freundin Anna bedanken."

Deine Freundin Anna!
Das klingt gut.

„Gut, dass du kommst", sagt Frau Mertens an einem
Dienstag-Nachmittag im Oktober.
„Frau Simon ist gestern gefallen.
Sie liegt im Bett und ist ganz schwach."
„Ich habe mir die rechte Hand verstaucht", sagt Anna.
Sie zeigt auf den Kuchen-Teller auf ihrem Nacht-Tisch.
„Mit der linken Hand bin ich ein bisschen zu
ungeschickt."
Ich setzte mich auf die Bett-Kante.

Ich will Anna füttern.
Das Essen strengt sie sehr an.
Nach drei Bissen schüttelt sie den Kopf.
„Nichts mehr!“, sagt sie leise.

„Soll ich Ihnen etwas vorlesen?“
„Nein. Ich möchte ein bisschen schlafen.
Nicht böse sein.“
„Soll ich später noch einmal vorbei-kommen?“
Anna hört die Frage nicht mehr.
Sie ist eingeschlafen.
Ich gehe leise aus dem Zimmer.
Auf dem Flur treffe ich Frau Mertens.
„Ich komme nachher noch einmal vorbei.“
„Das ist gut. Frau Simon gefällt mir gar nicht.
Es ist nicht nur die verstauchte Hand.
Es ist vor allem ihr schwaches Herz.“
„Davon hat sie mir gar nichts erzählt“, sage ich.
„Sie will dir das Herz nicht schwer machen“,
sagt Frau Mertens.

Als ich wiederkomme, schläft Anna immer noch.
Auf dem Nacht-Tisch steht jetzt das Abendbrot.
2 kleine Scheiben Weißbrot mit Käse.
Ein Becher Joghurt.
Ein Becher Pfefferminz-Tee.
Weil Anna nicht aufwacht, gehe ich nach Haus.

Am Donnerstag-Nachmittag schläft Anna auch.
Ich stelle einen Sessel neben das Bett.
Dann setze ich mich und warte, bis Anna aufwacht.
Sie lächelt mich an.
„Wie schön, dass du da bist, Kind!“, sagt sie.
Sie hat geschwitzt.
Ich mache ein kleines Handtuch nass und wasche Anna das Gesicht und die Arme.
„Das tut gut!
Jetzt fühle ich mich gleich besser.“

Ich gieße etwas Wasser in ein Glas.
Ich halte Anna das Glas an die Lippen.
Nachdem sie ein paar Schlucke getrunken hat, schläft sie wieder ein.
Später lese ich ihr etwas vor.
Sie schläft immer wieder ein.
Aber wenn ich aufhöre zu lesen, sagt sie:
„Lies ruhig weiter. Ich höre dir zu.“

Am Abend schneide ich ihr das Käsebrot in kleine Häppchen.
Doch sie will nichts essen.
Sie trinkt, mit meiner Hilfe, nur einen Schluck Tee.
Ich habe Angst um Anna.

Es ist Sonntag-Morgen.
Ich stehe im Badezimmer vor dem Spiegel
und föhne mir die Haare.
Mama klopft an. „Darf ich herein-kommen?"
„Ja", rufe ich.
Ich mache den Föhn aus.
Die Haare sind fast trocken.
„Frau Simon stirbt", sagt Mama.
„Frau Mertens fragt, ob du sofort kommen könntest."
„Ich kann das nicht, Mama."
„Es ist allein deine Entscheidung."
„Ich habe Angst."
„Du musst nicht hingehen."
„Aber dann stirbt Anna ganz allein.
Die Pflegerinnen haben so wenig Zeit."
„Dann geh hin", sagt Mama.

Sie fährt mir mit beiden Händen durchs Haar.
„Weißt du eigentlich, was für ein schönes Mädchen
du bist?"
Plötzlich muss ich weinen.
Und kann gar nicht wieder aufhören.
„Habe ich was Falsches gesagt?", fragt Mama erschrocken.
„Ja, nein, ich weiß nicht."
Ich weine und weine und weine.
„Wasch dir das Gesicht und fahr in den Lindenhof",
sagt Mama. „Sonst kommst du vielleicht zu spät."

Was sagt und was tut man, wenn ein Mensch stirbt?
Anna ist alt.
Vielleicht ist das Sterben nicht so schlimm,
wenn man schon so alt ist.
Aber vielleicht fürchtet man sich auch im Alter davor.

Einmal habe ich mit Anna über das Sterben gesprochen.
Über Papas Unfall.
Und über seinen Tod.
„Vor dem Tod muss man keine Angst haben.
Der Tod ist so etwas wie ein Tor,
durch das wir hinübergehen."
„Und wohin gehen wir hinüber?", habe ich sie gefragt.
„Dorthin, wo dein Vater jetzt ist, Katharina."
Vor dem Tod hat Anna keine Angst.
Aber vor dem Sterben.
Auch ich habe Angst.
Weil ich Anna beim Sterben zusehen muss.

Frau Mertens wartet schon auf mich.
„Du musst keine Angst haben, Katharina.
Frau Simon ist nicht mehr bei Bewusstsein."
„Was soll ich tun? Wie soll ich mich verhalten?"
„Frau Simon wird nicht mehr wach werden.
Aber sie wird spüren, dass du da bist.
Du kannst sie streicheln.
Und du kannst ihr den Schweiß abwischen.

Du kannst ihre Lippen befeuchten.
Sie kann nicht mehr mit dir sprechen.
Aber sie kann dich hören.
Lies ihr etwas vor.
Oder erzähl ihr etwas.
Oder sing ein Lied, wenn du magst.
Ich schaue ab und zu nach dir."

Ich gehe auf Zehen-Spitzen ins Zimmer.
Anna liegt in ihrem Bett und schläft.
Jedenfalls sieht es so aus, als ob sie schläft.
Ich schiebe wieder einen Sessel neben ihr Bett
und setze mich. Dann nehme ich ihre kleine Hand
in meine große Hand.
Annas Hand fühlt sich feucht an.
„Du musst keine Angst haben, Anna.
Ich bleibe bei dir. Den ganzen Tag.
Solange du willst."

Ich mache alles, was Frau Mertens gesagt hat.
Ich streichele Anna das Haar, das Gesicht, die Hände.
Ich befeuchte ihre trockenen Lippen mit einem
Watte-Stäbchen, das ich in Wasser getaucht habe.
Ich wischte ihr den Schweiß von der Stirn.
Ich singe Annas Lieblings-Lied.
„Land der dunklen Wälder ..."
So fängt es an.

Frau Mertens bringt mir etwas zu essen und zu trinken.
Essen mag ich nichts.
Aber der Tee tut gut.

Es ist heiß im Zimmer.
Ich öffne das Fenster.
Im Mai, als ich zum ersten Mal bei Anna war,
war die Birke vor dem Fenster grün.
Jetzt ist es Oktober.
Jetzt sind die Blätter gelb.
Im Sonnen-Licht glänzen sie wie Gold.

Ich schließe das Fenster und setze mich wieder.
Alles beginnt von vorn:
Ich streichle Anna.
Ich befeuchte ihre Lippen.
Ich wische ihr den Schweiß von der Stirn.
Ich singe ihr vor.
Weil mir nichts anderes einfällt,
singe ich „Der Mond ist aufgegangen …“

Irgendwann kommt Frau Mertens wieder ins Zimmer.
Sie bittet mich hinauszugehen.
Sie will Anna für die Nacht fertig machen:
„Ich will sie waschen
und ihr ein frisches Nachthemd anziehen.“
Ich möchte Frau Mertens helfen.

„Ich glaube, das wäre Frau Simon nicht recht.
Behalte sie lieber so in Erinnerung."

Ich nehme die Bernstein-Kette aus dem Kästchen und
falte den kleinen Zettel auseinander,
der unter der Kette gelegen hat.
Dann lese ich Frau Mertens vor,
was Anna mit zittriger Hand geschrieben hat:
„Für Katharina. Sie weiß schon, warum."

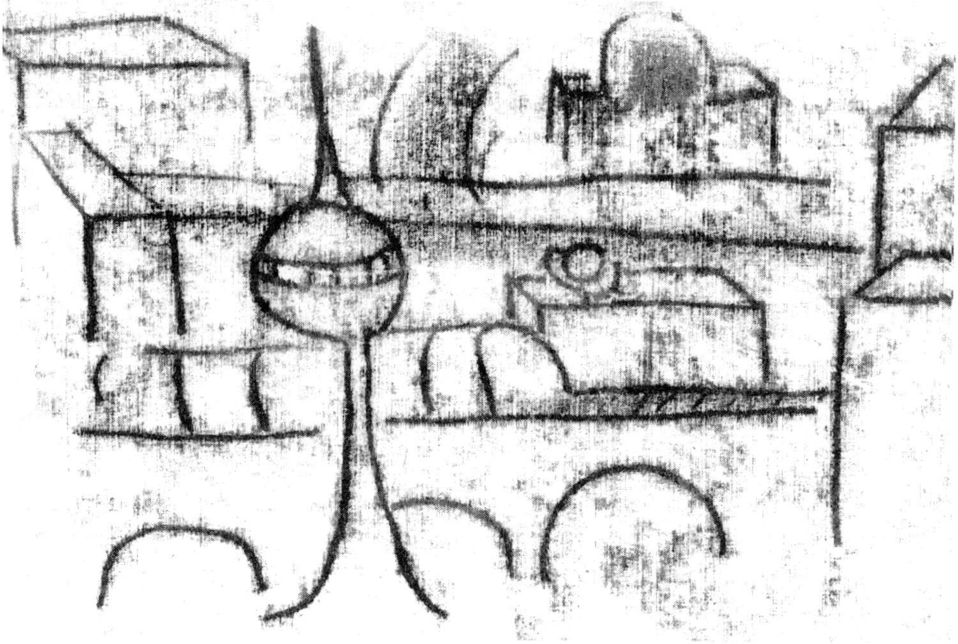

Karin Peterseim

Berlin

von Jonas Kleindienst

„Berlin stinkt", sagte Lulu.
„Berlin ist zu groß für dich", sagte Papa.
„Bei uns ist es doch schön", sagte Mama.
Doch meine Entscheidung war gefallen.
Papa und Mama brachten mich zum Bahnhof.
Lulu war nicht da.
Sie wollte nicht kommen.
„Mir egal", sagte ich.
Aber das stimmte nicht.
Mama weinte.
Papa nicht.
Ich nur ein bisschen.

Ich winkte noch einmal durchs Fenster.
Dann fuhr der Zug los.
Und ich war allein.
Die Landschaft flog an mir vorbei.
Bäume. Felder. Dörfer.
Felder. Bäume. Städte.
Und wieder von vorne.
Wie viele Orte es doch gab.
In Wolfsburg setzte sich ein älterer Herr neben mich.
Auf seinen Schuhen war ein weißer Fleck.

Ich glaube, es war Vogel-Scheiße.
Schnell schaute ich wieder aus dem Fenster.

Irgendwann gab es keine Felder mehr.
Auch die Bäume wurden seltener.
Nur noch Häuser.
„In wenigen Minuten erreichen wir Berlin
Hauptbahnhof“, sagte der Zugführer.
Berlin. Ich war wirklich in Berlin.
Der ältere Herr packte seine große Zeitung ein und ging.
Er hatte immer noch Vogel-Scheiße an den Schuhen.
Ich blieb sitzen.
Ich hatte Angst.
Ich wartete, bis niemand mehr da war.
Dann stand ich auf und ging hinaus.
Ich atmete tief ein.
Es stimmte: Berlin stinkt!
Aber das machte mir nichts.

Dann suchte ich Manfred.
Er sollte mich abholen.
„Ich werde eine rote Mütze tragen“,
hatte er mir am Telefon gesagt.
Ich trug keine Mütze.
Trotzdem fand mich Manfred zuerst.
„Willkommen Josch! Schön dass du da bist“,
begrüßte mich Manfred.

Ich mochte ihn sofort.
Er war riesig und hatte einen dichten Vollbart.
Und er war immer nett.

Berlin mochte ich erst nicht so.
Berlin war auch riesig.
Aber Berlin hatte keinen Vollbart.
Und war auch nicht immer nett.
Manfred brachte mich in meine WG.
Dort lernte ich die anderen kennen.
Neben mir wohnte Tom.
Tom war nur wenig älter als ich.
Er liebte Fußball.
Und Hertha BSC.

„Wo spielst du am liebsten?“, fragte er mich.
Ich schüttelte den Kopf.
Ich spielte keinen Fußball.
Wir wurden trotzdem Freunde.
Claudia war auch ok.
Sie war älter.
Fast 40.
Ihre Nase war krumm.
Manchmal schrie sie.
Einfach so.
„Weil es raus muss“, sagte sie.
Oft ging ich dann raus.

Dann gab es noch Bernd.
Bernd war am schwierigsten.
„Sofia war mir lieber“, sagte er zur Begrüßung.
Mehr sagte er nicht.
„Josch wohnt jetzt in Sofias Zimmer“, erklärte Manfred.
Bernd wollte davon nichts hören.
Doch er konnte nichts daran ändern.
Ich wohnte jetzt in Berlin.
Die ersten Tage blieb ich meistens in der WG.
Jeden Tag kam Manfred vorbei.
Er half mir das Zimmer einzurichten.
Er redete mit mir.
Und er zeigte mir alles.
Den Aldi nebenan.
Die U-Bahn-Station.
Und den Park.
Der Park gefiel mir am besten.
Er erinnerte mich an daheim.
Natürlich vermisste ich mein Zuhause.
Ich vermisste Mama und Papa.
Und Lulu.
Lulu am meisten.
„Komm mich besuchen“, schrieb ich ihr.
„Komm zurück“, schrieb sie mir.
Doch das ging nicht.
Ich wohnte jetzt in Berlin.
Am Anfang machte mir die Stadt Angst.

So viele Menschen.
So viele Autos.
So viele Wege.
Doch irgendwann war ich bereit.
Ich wollte Berlin sehen.

„Ich zeig dir das wichtigste", sagte Tom.
Wir nahmen die U-Bahn. Linie U2.
„Keine Angst, ist gar nicht so schwer", sagte Tom.
„Man muss nur aufpassen."
Tom passte auf.
„Aussteigen", rief er.
Wir waren da.
Aber noch nicht ganz.
Erst mussten wir noch etwas laufen.
Dann waren wir da.
„Das wichtigste Gebäude Berlins", erklärte Tom.
„Das Olympia-Stadion."
„Ganz schön groß", sagte ich.
„Hier spielt Hertha", sagte Tom.
Leider konnten wir nicht reingehen.
„Heute ist kein Spiel", erklärte Tom.

Am nächsten Tag ging ich allein los.
Ich wollte den Fernseh-Turm sehen.
„Nimm die U2", sagte Tom.
Ich nahm die U2.

Doch ich passte nicht auf.
Fuhr in die falsche Richtung.
„Ruhleben. Endstation“, sagte der Lautsprecher.
Ich stieg aus.
Ruhleben war komisch.
Da gab es nichts. Nur eine große Straße.
„Wo geht es zum Fernseh-Turm?“,
fragte ich einen Mann.
Er trug eine blaue Latzhose und trank Bier.
„Was bist du denn für ein Idiot?“, antwortete er.
Schnell ging ich zurück zur U-Bahn.
Ich wollte wieder zur WG.
Doch vor lauter Aufregung hatte ich meine Station vergessen.
Ich stieg 3 Mal falsch aus.
Es war bereits dunkel, als ich in der WG ankam.
Manfred hatte sich schon Sorgen gemacht.
„Berlin ist zu groß für dich“, sagte Papa am Telefon.
„Sei vorsichtiger“, sagte Mama am Telefon.
„Komm zurück“, sagte Lulu am Telefon.

Danach machte ich erstmal keinen Ausflug mehr.
Dafür ging ich jetzt zur Arbeit.
Manfred hatte einen Werkstatt-Platz für mich gefunden.
Die Arbeit machte Spaß.
Tom ging zur selben Werkstatt.
Wir fuhren jeden Tag mit der U-Bahn dorthin.

Ich lernte, aufzupassen.
Am ersten Wochenende zeigte mir Manfred den Fernseh-Turm.
Er war wirklich riesig.
Als ich nach oben schaute, schwankte er.
Ich hatte ein bisschen Angst, dass er umfiel.
Aber ich wusste, dass das dumm war.
Also sagte ich nichts.

Mit der Zeit lernte ich Berlin besser kennen.
In Berlin gab es viele komische Menschen.
Berlin stank und war laut.
In Berlin war der Himmel oft grau.
Aber trotzdem mochte ich Berlin.
In Berlin war immer was los.
Berlin war bunt und voller Überraschungen.
Und wenn die Sonne schien, waren alle glücklich.
Trotzdem vermisste ich vieles.
Vor allem Lulu.
„Komm mich besuchen“, schrieb ich ihr.

Und endlich kam sie.
Ich holte sie am Bahnhof ab.
Ganz allein.
Ich musste keine Mütze tragen.
Lulu erkannte mich auch so.
Wir sahen uns gleichzeitig.

Sie trug ihren roten Lieblings-Pullover.
Und sie strahlte, als sie mich sah.
Auch ich strahlte, als ich sie sah.
Lulu atmete tief ein.
„Berlin stinkt ja gar nicht“, sagte sie.
Ich atmete tief ein.
Es stimmte. Diesmal stank Berlin nicht.
Lulu gefiel mein Zimmer.
Sie mochte Tom und Claudia.
Sogar Bernd redete mir ihr.
„Du erinnerst mich an Sofia“, sagte er.
„Lulu gehört zu mir“, sagte ich.
Lulu legte einen Arm um mich.
Ich war glücklich.

Lulu blieb 3 Tage.
Ich zeigte ihr den Park.
Das Olympia-Stadion.
Und den Fernseh-Turm.
„Der schwankt so“, sagte Lulu.
„Ich habe Angst, dass er umstürzt.“
Ich lachte.
„Das kann gar nicht passieren“, beruhigte ich sie.
Und mich.

Ich legte meinen Arm um sie.
Sie drückte sich eng an mich.

„Ich wünschte, wir wären immer zusammen", flüsterte sie.
„Ich komme nicht zurück", sagte ich.
„Ich bin erwachsen.
Ich möchte nicht mehr daheim wohnen."
„Ich weiß", sagte Lulu.
„Aber vermisst du mich nicht?"
„Doch", sagte ich.
„Natürlich vermisse ich dich."
Und dann sagte ich was Verrücktes.
„Ich liebe Dich", sagte ich.
Und ich hatte überhaupt keine Angst mehr.
Am letzten Tag brachte ich Lulu zum Zug.
Der Himmel war grau und Berlin stank wieder.
„Schade, dass du schon wieder gehst", sagte ich.
„Ja", antwortet Lulu.
„Weißt du was?", fragte sie.
„Was?", fragte ich.
„Es hat mir gut gefallen. Hier bei dir. In Berlin",
sagte sie.
„Komm wieder", sagte ich.
„Ja." sagte Lulu.
Dann ging sie in den Zug.
An der Tür drehte sie sich nochmal um.
„Josch", sagte sie. „Ich habe eine Idee."
„Ich ziehe auch nach Berlin!"

Küssen gehört zum Erwachsensein

von Andrea Lauer

Marie ist 23 Jahre alt.
Sie kann Fahrrad fahren.
Sie weiß wie Löwenzahn aussieht.
Sie kann eine Kastanie von einer Linde unterscheiden.
Sie kocht gern.
Am liebsten kocht sie Nudeln mit Tomatensoße.
Sie kocht kein Gemüse. Sie mag Gemüse nicht.
Ihre Mutter sagt, Gemüse ist gesund.
Marie ist das egal.

Marie ist oft anderer Meinung als ihre Mutter.
Sie will ihr eigenes Leben leben.
Sie will entscheiden, was sie macht.
Sie will entscheiden, wann sie etwas macht.
Sie möchte laut Musik hören.
Sie möchte viel Schaum im Badewasser.
Und sie möchte Olga küssen.

Zum Küssen braucht sie Ruhe.
Zum Küssen darf niemand an die Zimmertür klopfen.
Zum Küssen braucht sie Kerzenlicht.
Marie stellt es sich wie in einem Liebesfilm vor.

Marie und Olga werden auf dem Sofa sitzen.
Sie werden immer näher rutschen.
Noch näher.
Dann werden sie sich in die Augen sehen. Lange!
Und dann werden sie sich küssen.

Marie hat sich das schon oft vorgestellt.
Sie hat noch keinem von diesem Wunsch erzählt.
Auch ihrer Freundin Olga nicht.

Vor 3 Monaten hat sie eine Wohnung gefunden.
Die Wohnung ist klein.
Aber Marie kann sie selbst bezahlen.
Es gibt ein Zimmer und ein Bad mit Badewanne
und Fenster.
Es gibt natürlich auch eine Küche.

Heute ist der große Tag.
Heute zieht Marie in ihre 1. eigene Wohnung.
Sie hat alles in Umzugs-Kartons gepackt.
Wirklich alles.
Sie war schon 2 Mal gucken, ob sie etwas vergessen hat.
Ihre Mutter war auch schon 2 Mal gucken.
Ihr Vater auch.

Auf jeder Kiste steht ihr Name.
Ob die Kiste ins Bad, in die Küche,
oder in das Zimmer soll.

Sie hat es selbst darauf geschrieben.
Sie hat alles selbst eingepackt.

Nach dem Aufstehen hat sie Olga angerufen.
Damit sie nicht verschläft.
Olga wird ihr helfen.
Und 2 Männer von der Umzugs-Firma.
Die hat sie nicht angerufen.
Die wissen, wann sie aufstehen müssen.

Marie sitzt auf einem Stuhl.
Sie wartet, dass es losgeht.
Sie pult an ihrem Zeigefinger.
Das macht sie manchmal, wenn sie aufgeregt ist.
Dann klingelt es.
Die fremden Männer sind zuerst da.
Aber gleich danach kommt Olga.

Die Schränke sind schnell ins Auto gepackt.
Dann die Kisten.
Marie steigt auf ihr Rad und fährt dem Umzugs-Auto nach.
Olga sitzt auf dem Gepäck-Träger.
Sie spreizt die Beine ab.
Ihre Hose soll nicht an die Fahrrad-Kette kommen.
Marie fährt langsam.

Als sie ankommt, schließt sie das Fahrrad an.
Sie geht zum Auto.
Das Auto ist leer.
Die Kisten sind auch schon in der Wohnung.
Marie gibt den Umzugs-Helfern ihr Geld.
Dann sieht sie ihnen zu, wie sie weg fahren.

Marie geht dieser Umzug viel zu schnell.
Sie wartet seit immer auf diesen Tag.
Am Umzugs-Tag sehen alle, dass Marie erwachsen ist.
Und nun soll es vorbei sein?

Überall in der Wohnung gibt es jetzt Kisten.
Marie steht in der Küche.
Sie sieht die Kisten an. Dann den Küchen-Schrank.
Dann das Regal.
Sie weiß nicht, wie sie Ordnung schaffen soll.
Olga steht neben ihr.
Marie greift nach ihrer Hand.
Sie haben sich schon oft an den Händen gehalten.
Beim Spaziergang zum Beispiel. Oder nach dem Kino.
Aber heute ist Olgas Hand irgendwie weicher.

Marie streicht mit ihren Daumen über Olgas
Hand-Rücken.
So lange bis ihre Haut kribbelt.
Das Kribbeln beginnt am Daumen.
Es geht bis zum Ellenbogen.

Marie guckt stur geradeaus.
Sie glaubt nämlich, dass ihre Wangen rot sind.
Das ist ihr etwas unangenehm.
Also sieht sie Olga besser nicht an.
Ihre Hand lässt sie aber auch nicht los.
Sie mag das Kribbeln.

Es klingelt an der Wohnungs-Tür.
Marie zuckt zusammen.
Sie lässt Olgas Hand los.
Beide kichern. Aber nur kurz.
Marie sieht, dass Olgas Wagen auch rot geworden sind. Sie sagt aber nicht, dass sie es gesehen hat.
Vielleicht ist Olga das ja auch unangenehm.
Dabei sieht Olga so schön aus,
wenn ihre Wangen rot sind.

„Es hat geklingelt“, sagt Marie.
Dann geht sie zur Tür.
Ihre Eltern stehen draußen.
Maries Mutter hat Pizza in der Hand.
Ihr Vater trägt Cola und Eis zum Kühlschrank.
Sie essen erst, als es dunkel wird.
Vorher packen sie die Kisten aus.
Marie muss immerzu sagen, wo was hin soll.
Sie fühlt sich so erwachsen wie noch nie in ihrem Leben.

„Du musst die Tür immer abschließen“,
sagt Maries Mutter.
„Und du musst immer das Licht auszumachen“,
sagt ihr Vater.
Er hebt den Zeigefinger.
Marie fühlt sich trotzdem erwachsen.
Sie schiebt erst ihre Mutter aus der Tür.
Dann ihren Vater.
Marie winkt.
Olga sagt „Auf Wiedersehen“.
Dann schließt Marie die Wohnungs-Tür ab.
Sie kann hören, wie ihre Eltern die Treppe runter laufen.

Olga ist Maries 1. richtiger Gast.
Olga wird bei Marie schlafen.
Die beiden Frauen gehen in Maries Zimmer.
Sie sehen aus dem Fenster.
Draußen ist es dunkel.
Ihre Gesichter spiegeln sich im Fenster-Glas.
Marie macht das Fenster auf.
Sie stehen dicht zusammen.
Marie kann Olgas Haut an ihrer Schulter fühlen.
Sie sieht den Fuß-Weg. Und die Straße.
Und den Linden-Baum.
Es riecht nach Herbst. Und ein bisschen nach Regen.
Aber die Luft ist noch warm.

Marie kann Olgas Haut an der Schulter kaum aushalten.
So schön fühlt sie sich an.

Marie steht lange da.
Mit Olga vor dem Fenster.
Die Füße tun ihr weh.
Doch sie will mit Olga am Fenster stehen bleiben.
Schulter an Schulter.
Sie hat vergessen zu sprechen.
Sie bemerkt das erst nach einer langen Zeit.
Olga redet auch nicht.
Aber sie dreht sich irgendwann zu Marie um.
Sie greift nach ihr.
Mit beiden Händen umfasst sie Maries Kopf.
Zieht ihn zu ihrem Gesicht.
Spitzt die Lippen und drückt sie fest auf die von Marie.
Dann lässt sie Marie los. „So!"
Sagt sie und ihre Wangen sind feuerrot.

Marie ging dieser Kuss zu schnell.
Das war ja noch schneller als der Umzug.
Marie hat lange auf diesen Kuss gewartet.
Also will sie auch lange küssen.
Damit sich das Warten gelohnt hat.

Sie nimmt Olgas Gesicht in beide Hände.
Sie hat so was schon im Fernsehen gesehen.

Und bei Freunden.
So schwer kann küssen nicht sein.
Sie sieht Olga an.
Olga sieht tapfer zurück.
Dann nimmt Marie all ihren Mut zusammen.

Sie spitzt ihre Lippen.
Sie drückt sanft auf Olgas Mund.
Ganz weich ist der jetzt.
Und wie von selbst öffnen sich beide Münder.
Vorsichtig berühren sich ihre Zungen.
Maries Haut kribbelt.
Im Gesicht und an den Händen und am Bauch.
Überall.

Nur die Kerzen fehlen.
Aber die können sie ja an einem anderen Tag anzünden.
Vielleicht sitzen sie dann wirklich auf einem Sofa.
Vielleicht sehen sie sich dann lange in die Augen.
Wie Marie es sich ausgedacht hat.
Aber dafür ist noch Zeit.
Marie ist ja gerade erst umgezogen.

Herbert Meyer

Der Flüchtling aus Afrika

von Lorenzen, Jürgen

(Nach einer wahren Geschichte)

Tayo ist Afrikaner. Er ist ein schöner Mann.
Sein Name bedeutet ‚der Glückliche'.
Er ist 27 Jahre alt und kommt aus Nigeria.
Das ist ein Land an der afrikanischen West-Küste.
Tayo ist schlank und seine Zähne sind sehr weiß.
Weiß wie Elfenbein.
Seine Haut ist schwarz. So schwarz wie die Nacht.
Er hat studiert. Er ist sehr gebildet und höflich.

Tayo wurde verraten, weil er anders ist.
Er liebt Männer.
In seiner Heimat ist die Liebe zwischen Männern verboten.
Eine solche Liebe wird hart bestraft. Mit Gefängnis.
Viele Menschen sterben in afrikanischen Gefängnissen!
Tayo will nicht sterben.
Er bezahlt viel Geld, damit er nicht ins Gefängnis muss.
Er verliert alles: Sein Haus, sein Auto, seine Arbeit
und seine Familie.
Tayo macht eine Menge Schulden.

Er darf sein Land verlassen. Mit einem kleinen Koffer.
Die Ausreise kostet noch mehr Geld!
Tayo ist verzweifelt.

Wie soll er jemals seine Schulden zurückzahlen?
Er weint und fühlt sich ausgestoßen.
Tayo ist auf der Flucht, weil er Männer liebt.
Es ist schrecklich, auf der Flucht zu sein.

Tayo ist nun ein Flüchtling.
Er kommt nach Deutschland.
Er spricht kein Deutsch. Er spricht nur Englisch!
Es ist Frühling und der Himmel hängt voller Wolken.
Er wohnt in einem hässlichen Haus.
Das Haus ist ein Wohn-Heim für Flüchtlinge.
Es steht am Rande einer großen Stadt.
Das Haus hat viele graue Zimmer.
In jedem Zimmer stehen vier Betten.
In jedem Bett schläft ein Flüchtling.
Die Flüchtlinge kommen aus verschiedenen Ländern.
Sie sind alle aus verschiedenen Gründen geflüchtet!

In der Stadt gibt es ein Amt.
Dieses Amt heißt Ausländer-Behörde.
Tayo muss sich dort melden. Regelmäßig!
Er muss viele Fragen beantworten und viele Zettel
ausfüllen.
Er wartet auf ein Gespräch. Das Gespräch ist sehr wichtig.
Das Gespräch entscheidet,
ob er in Deutschland bleiben darf.
Tayo hat Angst vor diesem Gespräch.

Tayo will arbeiten.
Er braucht dazu eine Erlaubnis.
Ohne Erlaubnis gibt es keine Arbeit!
Aber ohne Arbeit hat er immer zu wenig Geld.
Es reicht kaum zum Leben.
Tayo besucht Männer.
Diese Männer sind Freier.
Freier sind Kunden, die Geld für Sex bezahlen.
Tayo hat viele Kunden, denn sein Körper ist schön.
Er hat breite Schultern und schmale Hüften.
Er hat überall Muskeln und kein Gramm Fett.
Seine Haut ist sehr weich und glatt.

Die Kunden haben keine schönen Körper.
Sie sind dick und haben faltige Haut.
Und manche riechen nach Schweiß.
Sie wollen Tayo küssen.
Die Männer haben Mund-Geruch.
Tayo will keine Küsse.
Tayo will nur das Geld.
Tayo ekelt sich vor den Männern.
Er will seinen Körper nicht verkaufen.
Aber er braucht das Geld!

Es ist Herbst und der Nebel kriecht über die Felder.
Die Blätter fallen von den Bäumen.
Es regnet und alles ist feucht:

Die Straßen sind grau, die Häuser sind grau,
die Kleidung ist grau.
Und auch die Menschen sind grau.
Tayo ist unglücklich.
Er fühlt sich schmutzig.
Er will kein Sklave sein.

Viele Männer begehren Tayo.
Manche sagen sogar, sie lieben ihn.
Aber das ist eine Lüge!
Sie wollen ihn besitzen.
Aber Tayo will frei sein.
Sie wollen ihn mit Geld kaufen.
Aber Tayo ist keine Ware.

Die Männer versprechen viele schöne Dinge.
Sie versprechen ihm das große Glück.
Aber sie benutzen ihn bloß.
Wenn Tayo nicht will, was die Männer wollen,
dann werden sie böse.
Dann beschimpfen sie ihn:
Neger.
Buschmann.
Affen-Fresse.
Geh zurück in den Busch!

Und dann sind die Männer weg.
Und Tayo ist wieder allein.

Allein und ohne Geld.
Einsam und ohne wahre Liebe.
Tayo will ein eigenes Leben. Er will eine Zukunft.
Deutschland ist fremd.
Tayo fürchtet das Fremde.
Und dann hat er Heimweh und ist sehr traurig.
Es wird Winter.
Es schneit.
Der Schnee ist schön weiß, aber kalt.
Tayo hasst die Kälte und friert den ganzen Tag.
In seiner Heimat scheint den ganzen Tag die Sonne.
Und ein heißer Wind weht.
Wolken sind selten am Himmel.
Und wenn es regnet, ist der Regen immer warm.

Tayo trägt eine dicke Jacke und sehr dicke Schuhe.
Trotzdem friert er.
Und deshalb bekommt er einen Schnupfen.
Er schnarcht nachts, weil die Nase verstopft ist.
Das ärgert die anderen Flüchtlinge im Zimmer.
Dann wecken sie ihn auf.
Tayo ist deshalb oft müde.
Tayo braucht Heilmittel.
Er will wieder gesund werden.
Dafür braucht er Geld.
Also wartet Tayo auf den nächsten Kunden.

Es ist der erste Advent.
Tayo trifft einen älteren Herrn.
Dieser Herr ist 50 Jahre alt und hat weiße Haare.
Er sieht gut aus und trägt teure Schuhe.
Der Herr hat auch einen Namen.
Er heißt Georg.
Aber Georg ist auch nur ein Kunde.
Tayo hat Sex mit Georg.
Am nächsten Morgen bekommt er von Georg
eine Menge Geld.
Georg sagt: Ich bezahle dich nicht.
Das Geld ist ein Geschenk.
Tayo versteht das nicht!

Georg mag den schönen Afrikaner.
Aber Tayo ist misstrauisch.
Er hat schlechte Erfahrungen gemacht.
Er misstraut den Deutschen!
Die Deutschen lügen.
Ein Deutscher sagt nicht, was er denkt.

Georg will Tayo helfen.
Er sagt: Nicht alle Deutschen sind schlecht,
manche sind auch gut.
Georg spricht mit Freunden.
Er liest viel über das Leben der Flüchtlinge.
Er besucht eine Beratungs-Stelle für Ausländer.

Er trifft sich öfters mit Tayo in der großen Stadt.
Sie trinken dann Kaffee und essen Kuchen.
Georg erzählt Tayo, was er weiß.
Dabei spricht er Englisch, weil Tayo immer noch kein Deutsch versteht.
Tayo lacht oft, weil Georg viele falsche englische Wörter benutzt.
Georg will für Tayo einen Deutsch-Kursus bezahlen.
Und Georg will sich um eine Arbeit für Tayo kümmern.
Aber Tayo ist immer noch misstrauisch.
Er will keine schönen Versprechen.
Er will keine schönen Worte.
Er will Taten. Ehrliche Taten.
Taten, die ihn überzeugen!

Georg grübelt.
Tag und Nacht.
Er denkt viel nach.
Er hat ein schlechtes Gewissen.
Denn Liebe ist nicht käuflich.
Er will es anders machen als die anderen Männer.
Aber ist das überhaupt noch möglich?
Ist Georg wirklich anders als die anderen Männer?

Georg schickt Tayo eine Einladung.
Er will mit ihm Weihnachten feiern.
Tayo zögert.

Dann sagt er ja.
Georg möchte, dass Tayo kocht.
Afrikanisches Essen.
Tayo kauft ein.
Georg kauft ein.
Tayo kauft Fisch, Bananen und Bohnen.
Und auch Ziegen-Fleisch und afrikanische Gewürze.
Georg kauft Wein, Whiskey und Schokolade.
Und einen Tannen-Baum und viele Geschenke.

Es ist Heiligabend.
Georg holt Tayo vom Bahnhof ab.
Sie schmücken zusammen den Tannen-Baum.
Tayo kocht und Georg schneidet Zwiebeln.
Nach dem Abendessen rauchen sie Zigarren
und trinken Whiskey.
Tayo freut sich sehr über die schönen Geschenke.
Er ist beeindruckt.
Georg hat sich in Tayo verliebt.
Tayo ist unsicher.
Er will nicht mit Geschenken gekauft werden.

Die beiden Männer schlafen zusammen im selben Bett.
Tayo schnarcht.
Georg findet das nicht schlimm.
Er umarmt Tayo die ganze Nacht.
Er streichelt ihn zärtlich. Die ganze Nacht.

Dabei schlägt sein Herz ganz laut.
Er drückt ein Kissen auf sein Herz.
Er will nicht, dass Tayo aufwacht.
Georg ist sehr verliebt!

Es ist der erste Weihnachts-Tag.
Georg macht Frühstück.
Er verwöhnt Tayo.
Er will ihn glücklich machen.
Tayo sitzt am Tisch in weißer Unterwäsche.
Das ist sehr erotisch.
Nach dem Frühstück gehen sie in eine Spielhalle.
Natürlich nicht in Unterwäsche!
Sie spielen Billard.
Tayo hat noch nie Billard gespielt.
Er gewinnt jedes Spiel, weil Georg ihn gewinnen lässt.
Dann gehen sie wieder in Georgs Wohnung.

Am Abend muss Tayo zurück in die große Stadt.
Er will mit anderen Flüchtlingen Weihnachten feiern.
Georg umarmt Tayo und küsst ihn auf die Nase.
Tayo öffnet die Wohnungs-Tür.
Er sagt: Tschüss, du schönes zu Hause.
Dann lächelt er.
Georg lächelt auch und ist glücklich.
Das 1. Mal.
Seit sehr langer Zeit.

Hannahs Glück

von Klara Kern

Hannah läuft um den See.
Das macht sie jeden Tag.
Der See liegt glatt da wie ein Stück Papier.
Am Ufer stehen große Bäume.
Sie werfen Schatten auf den See.
Im Wasser schwimmen viele Blätter.
Es ist bereits Herbst.
In der Mitte des Sees schaukelt ein Segel-Boot.
Ein dicker Mann mit Schirm-Mütze hält sein Gesicht in
die Sonne.

Wenn man in die Ferne schaut,
sieht man die Weinberge.
Sie schimmern rot, grün, gelb und braun.
Es ist warm, aber nicht zu heiß.
Hannah liebt die Sonne im Herbst.
Sie fühlt sich an, als würde man sich in eine weiche
Decke kuscheln.
Ganz weit in der Ferne, oben auf den Hügeln,
beginnt der Wald.

Hannah läuft gerne um den See.
Dabei denkt sie oft nach.
Sie überlegt, was sie an dem Tag schon alles erlebt hat.

Heute hat sie Taschen bestickt.
Mit großen, dunkelroten Blüten-Blättern und langen, grünen Stielen.
Das hat großen Spaß gemacht.
Morgen wird sie eine der Taschen sogar mit nach Hause nehmen dürfen.

Ein Mann kommt ihr auf dem Spazier-Weg entgegen.
Er schiebt einen Kinder-Wagen vor sich her.
Hannah hat ihn noch nie gesehen.

„Hallo", sagt der Mann und lächelt.
„Hallo", murmelt Hannah zurück.
Sie spürt einen plötzlichen Stich im Bauch.
Das passiert ihr oft, wenn sie einen Kinder-Wagen sieht.

Am nächsten Tag sieht Hannah den Mann wieder.
Er sitzt auf einer Bank.
Der Mann hat die Beine übereinander-geschlagen.
Mit der rechten Hand schiebt er den Kinder-Wagen vor und zurück.
In der linken Hand hält er ein Buch.
Hannah läuft langsamer.
Schließlich bleibt sie stehen.

„Darf ich mich zu Ihnen setzen?", fragt sie.
Der Mann lässt das Buch sinken.

„Ja, natürlich“, sagt er. „Warum nicht.“
Er klappt das Buch zu.
Hannah rutscht auf die Bank.
Einen Moment lang sagen beide nichts.

„Ist das Ihr Baby?“, beginnt Hannah das Gespräch.
„Ja, das ist Maja“, antwortet der Mann.
Er sieht stolz aus, findet Hannah.
„Wie die Biene?“, fragt Hannah weiter und kichert.
„Ja, genau so“, sagt der Mann und kichert auch.
„Wie alt ist das Baby?“, möchte Hannah wissen.
„Oh, ich muss überlegen ... jetzt genau 5 Monate“,
sagt er.
Der Mann zählt leise mit den Fingern mit.
„Und bekommt Maja Brust oder Flasche?“,
hakt Hannah nach.
„Flasche“, sagt der Mann und guckt traurig.

„Warum guckst du jetzt so traurig?“, fragt Hannah.
„Du beobachtest aber sehr genau“,
antwortet der Mann.
Jetzt guckt er nicht mehr ganz so traurig.
„Meine Frau muss arbeiten.
Sie kann Maja nicht die Brust geben.
Sie kommt erst abends nach Hause.“

„Aber Babys brauchen doch Mutter-Milch“,
staunt Hannah.
Jetzt fängt das Baby an zu schreien.
Der Mann schaukelt den Kinder-Wagen vor und zurück.
Ein altes Ehepaar läuft langsam den Weg entlang.
Es ist nicht mehr viel los.
Die Sonne wird bald untergehen.

„Na ja“, sagt der Mann.
Er denkt immer noch an die Mutter-Milch.
„Wenn man ein Kind hat, braucht man Geld.
Denn Kinder sind teuer“, fügt er hinzu.
„Deswegen geht meine Frau arbeiten.
Geld ist wichtiger als Mutter-Milch.“

„Gehst Du auch arbeiten?“, bohrt Hannah weiter.
„Jetzt gerade nicht“, erwidert der Mann.
„Ich kümmere mich um Maja.“

Hannah denkt nach.
„Aber dann sieht Deine Frau das Baby nur
vor dem Schlafen-gehen?“
„Ja“, sagt der Mann.
Jetzt guckt er doch wieder etwas traurig,
findet Hannah.
„Das ist aber selten“, urteilt Hannah.

„Ja“, sagt der Mann, „das stimmt.“
Er räuspert sich.
„Aber ein Kind ist teuer“, wiederholt er.
Jetzt streckt er nacheinander die Finger aus.
Er zählt laut mit.
„Ein Baby braucht ein Kinder-Bettchen“, fängt er an.
„Und Klamotten.
Und ein Fieber-Thermometer.
Und einen Schnuller.
Und Lätzchen.“

„Aber das ist doch nicht teuer“, wundert sich Hannah.

„Und später ein Fahrrad.
Einen Schul-Ranzen.
Schlittschuhe.
Einen Schreibtisch.
Einen guten Füller ...“, ergänzt der Mann.
Er schwitzt schon.
Hannah nickt jetzt.
Das sieht sie ein.
Da braucht man bestimmt ganz schön viel Geld.
Und um Geld zu verdienen, muss man arbeiten.

„Oh“, sagt der Mann.
Er schaut auf seine Uhr.
„Ich muss schnell nach Hause.

Meine Frau kommt gleich zurück.
Und sie möchte noch mit Maja spielen.
Denn Maja geht bald schlafen."
Er hebt die Hand zum Gruß.
Eilig geht er davon.
Hannah sieht ihm hinterher.
Die Räder des Kinder-Wagens knirschen im Kies.

Hannah sieht den Mann eine ganze Weile lang nicht mehr.
Anfangs hält sie immer nach ihm Ausschau.
Dann vergisst sie ihn.
Als sie ihn jetzt entdeckt, freut sie sich umso mehr.
„Hallo!", ruft sie und winkt.
Der Mann sitzt auf einer bunten Decke im Gras.
Vor ihm liegt das Baby.
Es strampelt mit den Beinen.

„Hallo!", ruft er zurück und lacht.
Der Mann freut sich anscheinend auch.
Hannah setzt sich auf die Decke.
Dieses Mal fragt sie nicht vorher.

„Wie heißt Du eigentlich?", fragt sie.
„Bernd", sagt der Mann.
„Oh, mein Freund heißt auch Bernd!", ruft Hannah.
Sie lacht.

Hannah rupft ein wenig Gras von der Wiese.
Dann lässt sie es auf die Decke rieseln.

„Bernd und ich hätten auch gern ein Baby", sagt Hannah.
Ihre Stimme ist leise geworden.
„Aber wir dürfen nicht.
Ist verboten."
Sie kneift die Augen zusammen.
Es tut weh, das mit dem Baby.
Nicht von außen, aber von innen.
Der Mann guckt ganz erschrocken.

„Wir sollen kein Baby kriegen", erklärt Hannah.
„Weil wir eine Behinderung haben.
Dabei sagen alle, dass wir nur „anders" sind.
Warum dürfen Menschen, die „anders" sind,
keine Kinder bekommen?
Sind „andere" Kinder schlechter?"
Sie schüttelt den Kopf.
„Ich versteh das nicht", sagt Hannah.
Der Mann, der auch Bernd heißt, sieht etwas ratlos aus.
Er kratzt sich am Kopf.

„Hm …", macht er.
„Da muss ich überlegen … Ich glaube, jeder darf
Kinder bekommen.
Wenn er das möchte. Ihr auch."

„Wir auch?“
Hannah freut sich und muss lächeln.
Sie schaut auf Maja.
Maja hat aufgehört zu strampeln.
Sie schaut Hannah mit großen Augen an.

„Es ist nur so …“, Bernd zögert jetzt.
„Wahrscheinlich braucht Ihr 2 auch jetzt öfter mal Hilfe,
Dein Bernd und Du.
Bei schwieriger Post.
Bei Arzt-Besuchen.
Wenn Ihr mal auf ein Amt müsst.

Und wenn man ein Baby hat …“,
Bernd bläst die Backen auf,
„dann ist man sehr beschäftigt.
Man hat keine Zeit mehr.
Keine Zeit für sich.
Alles muss schnell gehen.
Vielleicht wäre dann alles etwas zu viel.“

„Aber es könnte uns doch jemand helfen“,
meint Hannah.

„Ihr bräuchtet jemanden, der Euch Beiden hilft.
Bernd und Dir. Im Alltag.
Dann bräuchtet ihr jemanden, der auch dem Baby hilft.

Und wenn das Baby groß ist, fängt alles von vorne an.
Vielleicht ist es auch „anders“.
Dann braucht es auch wieder Hilfe.“
Bernd schlägt die Hände zusammen.
„Es ist schwierig“, gibt er zu.

Hannah schaut auf den See.
Er ist heute gar nicht ruhig.
Viele kleine Wellen schlagen an das Ufer.
Ähnlich unruhig wie ihr Herz, denkt Hannah.
Das, was Bernd gesagt hat, macht sie traurig.
Maja fängt an zu weinen.
Als wäre Hannahs Traurigkeit ansteckend
wie ein Schnupfen.

„Darf ich sie mal nehmen?“, fragt Hannah.
Bernd stockt einen Moment.

„Ja, klar“, sagt er dann.
Vorsichtig hebt er Maja hoch.

„Weißt Du denn, wie man ein Baby hält?“,
fragt er Hannah.
„Klar, immer den Kopf abstützen“, antwortet Hannah.
„Babys können das noch nicht alleine.“
Bernd staunt.
„Du bist ganz schön schlau“, sagt er.

Dann gibt er Maja an Hannah weiter.
Hannah summt eine leise Melodie.
Sie streichelt dem Kind sanft über Kopf und Rücken.
Auf einmal gibt das Baby einen lauten Ton von sich.
Es hat gerülpst.
Laut wie ein Schwein.
Hannah lacht.
„Oh, es hat Bäuerchen gemacht!"
Maja gluckst auf Hannahs Arm.

„Weißt Du was?", fragt Bernd.
„Ich habe eine tolle Idee!"
Hannah schaut Bernd ins Gesicht.
Sie ist neugierig.

„Läufst Du morgen mit Maja?
Im Kinder-Wagen eine Runde um den See?
Dann nämlich …", Bernd lächelt und wird etwas rot,
„könnte ich mir mal neue Schuhe kaufen gehen."
Beide schauen auf Bernds Füße.
Im linken Schuh ist vorne ein Loch.
Bernd wackelt mit dem großen Zeh.
„Kuckuck", sagt er.
Sie lachen beide laut los.

Am Tag darauf dreht Hannah ihre 1. Runde
mit dem Kinder-Wagen.

Sie läuft um den See.
Der Kinder-Wagen rollt über den Kiesweg.
Hannah ist stolz.
Sehr stolz sogar.
Es fühlt sich fast so an, als wäre sie die Mutter.
Die anderen Spaziergänger staunen.
Sie bleiben stehen und gucken.

„Ist das Ihr Baby?“, fragt eine ältere Frau mit Hund.

„Nein, aber ich bin die Babysitterin“, sagt Hannah.
Der Hund wedelt mit dem Schwanz.
Freude ist ansteckend, denkt Hannah.
Später schreit das Baby.
Es bekommt einen knallroten Kopf.
Wie eine Tomate.
Dann kommt ein lautes Geräusch.
Wie das Knattern eines Maschinen-Gewehrs.
Majas Gesicht entspannt sich.
Das Schreien hört auf.
Stattdessen stinkt es!
Oh je, wie das stinkt!
Schlimmer als im Schweine-Stall!
Hannah hält die Luft an.
Tapfer schiebt sie den Kinder-Wagen weiter.

An der Ecke wartet schon Bernd.
Er schwenkt stolz ein neues Paar Schuhe in der Hand.
Bernd beugt sich über den Kinder-Wagen.

„Oh, Maja hat die Windel voll“, stellt er fest.
Magst du sie wickeln?“
Bernd knufft Hannah in die Seite.
Er zwinkert ihr zu.

„Nee, mach du das man“, sagt Hannah
und hält sich die Nase zu.
„Ich geh lieber mit meinem Freund einen Kaffee trinken.
Außerdem du bist der Vater.
Ich nur die Babysitterin.“
Sie knufft Bernd ebenfalls in die Seite.

„Aber wenn du mal Hilfe brauchst – immer gerne!“
Hannah schiebt Bernd den Kinder-Wagen zu.
Jetzt hat sie es eilig.
Ihr Freund wartet schon.
Hannah winkt noch einmal.
Dann ist sie um die Ecke verschwunden.

Das Märchen vom unzufriedenen Schuhputzer

von Carmen Bock

Durch ein kleines Loch in der Wand konnte Peppina
in die Küche schauen.
Es war ein herrlicher Anblick:
Frisch gebackenes Brot, rote Tomaten,
saftige Salatköpfe, knackige Radieschen
und Sahne in riesigen Kannen.
Peppina steckte ihre Nase durch das Loch
und schnupperte.
Hmmm. Würziger Käse-Duft lag in der Luft.
Wunderbar!
Sie seufzte sehnsüchtig.
Wie gern hätte sie das alles probiert.

Plötzlich riss eine laute Stimme sie aus ihrem Tag-Traum:
„Tochter! Peppina!
Ich habe dir doch gesagt,
geh nicht so nah an die Küche.
Das ist gefährlich.
Stell' dir vor, der Hausherr entdeckt dich.
Weißt du, was er dann mit dir macht?"
Es war ihr Vater.
Er packte sie am Ohr und zog sie fort.
„Aber Papa ..."

„Nein, Peppina!
Es ist doch immer dasselbe mit dir.
Irgendwann geht das nicht mehr gut, das ist sicher!"
Rodolfo schnaubte vor Wut.
Peppina sagte jetzt nichts mehr.
Sie schaute zu Boden und entschuldigte sich leise:
„Es tut mir leid, Papa.
Ich werde mich bessern, versprochen."
„Na, da bin ich aber gespannt.
Und jetzt ab in dein Zimmer!"
Traurig schlich Peppina in ihre kleine Kammer.
Sie blieb den ganzen Tag dort und dachte nach.
Warum musste das Leben nur so ungerecht sein?

Am Abend ging sie zu ihrer Großmutter Peppa.
Die hatte immer die besten Ratschläge.
Peppa freute sich sehr über den Besuch:
„Meine Lieblings-Enkelin!", rief sie,
„schön, dass du kommst.
Aber warum schaust du denn so traurig?"
„Ähem, Oma ...", fing Peppina an, „... hast du kurz Zeit für mich?"
Ihre Großmutter sah sie besorgt an und fragte:
„Na sicher, meine Kleine, was ist denn los?"
Also, Oma, es gibt doch diese vielen, tollen Sachen in der Küche, das ganze leckere Essen ..."
„Ja, und?"

Peppa wurde ungeduldig.
„Na ja, warum können wir nichts davon nehmen?
Warum bekommen wir immer nur die Reste?“
Peppa seufzte.
„Ich werde dir jetzt eine Geschichte erzählen,
liebe Enkelin.
Sie handelt von einem Mann, der Bastiano hieß …“
Peppa machte eine kleine Pause.
Peppina setzte sich zu ihr und ihre Großmutter erzählte:

Bastiano lebte in einer kleinen Stadt.
Er arbeitete als Schuh-Putzer und seine Frau war Köchin
bei reichen Leuten.
Sie hatten immer genug zu essen
und auch warme Kleidung für den Winter.
Nur schicke Mode und teure Stoffe
konnten sie sich nicht leisten.
Für Bastiano war das sehr traurig.
Jeden Tag sah er die schönsten Schuhe.
Er selbst besaß aber nur ein altes Paar.
Es war schon ganz abgeschabt und ausgetreten.
Bastiano träumte davon,
auch einmal feine Schuhe zu tragen.
Alle Leute würden ihn dann bewundern.
Eines Tages hielt er es nicht mehr aus.
Als er von der Arbeit nach Hause kam,
fragte er seine Frau Cantina:

„Bist du nicht unzufrieden?
Jeden Tag kochst du für die feinen Leute.
Du bereitest ihr Essen zu,
mit teuren Kräutern und Gewürzen.
Sie essen Wild und trinken Wein.
Aber du darfst nichts davon probieren.
Macht dich das nicht furchtbar wütend?"

Cantina nähte gerade einen Knopf an Bastianos Hemd.
Jetzt legte sie die Nadel weg und schaute ihren Mann überrascht an.
Ruhig antwortete sie: „Ich werde ja gut bezahlt und wir können uns Essen kaufen. Wir müssen nicht hungern.
Deshalb bin ich auch nicht wütend.
Wild und Wein brauche ich nicht.
Auch keine teuren Gewürze.
Ich sehe ja, dass die reichen Leute auch nicht glücklicher sind als wir.
Mit ihnen möchte ich um nichts auf der Welt tauschen.
Ich bin zufrieden mit unserem Leben.
Mir fehlt nichts."

Bastiano wurde nachdenklich.
Er schämte sich ein bisschen.
Schließlich sagte er leise: „Du hast ja recht, Cantina.
Ich weiß auch nicht, was in mich gefahren ist."
Er umarmte seine Frau und beide setzten sich zum Essen an den Tisch.

Aus dem großen Kessel über der Feuer-Stelle
dampfte es.
Heute hatte Cantina Bohnen-Suppe mit Speck gekocht.
Sie gab noch etwas Sahne und frische Petersilie dazu.
Dann füllte sie 2 Schalen randvoll
und stellte sie auf den Tisch.
Dazu reichte sie ihrem Mann lächelnd ein Stück Brot.
Während Bastiano aß, dachte er: „Womit habe ich
diese wunderbare Frau verdient? Sie macht selbst
aus den einfachsten Zutaten ein Festessen.
Ich habe wirklich ein gutes Leben und muss sehr, sehr
dankbar dafür sein."

Doch die Sache mit den Schuhen
ging ihm nicht aus dem Kopf.

Eines schönen Tages geschah etwas Unerwartetes.
Bastiano stand wie immer an seinem Stamm-Platz
in der Stadt.
Er wartete auf Kunden.
Plötzlich kam ein Mann auf ihn zu.
Seine Kleidung war ungewöhnlich elegant.
Er blieb vor Bastiano stehen und grüßte kurz.
Dann zeigte er auf seine Schuhe und sagte:
„Einmal glänzend polieren, bitte!" Bastiano nickte
und machte sich an die Arbeit.
Dabei bewunderte er das weiche Leder.

Es war hand-vernäht und sand-farben.
Auch die Schnalle war etwas Besonderes.
Sie hatte die Form einer Schlange,
die sich zusammen-rollt.
Dieser Schuh war noch schöner als alle,
die er jemals vorher gesehen hatte.
Bastiano begann mit den Fingern über die Nähte zu streichen.
Er war ganz in Gedanken, als der Mann plötzlich fragte: „Gefällt Euch der Schuh?"
Bastiano nickte etwas beschämt.
„Er ... er ist wunderschön.", stammelte er
und schaute zu Boden.
„Nun, heute ist Euer Glücks-Tag.
Zufällig habe ich genau so ein Paar gerade bei mir.
Es ist mein persönliches Ersatz-Paar,
aber heute ist ein besonderer Tag:
Ich habe gute Laune und Ihr wart sehr fleißig.
Zum Dank schenke ich Euch die Schuhe.
Bastiano starrte ihn an.
Er wollte etwas sagen, aber der Fremde klatschte schon 2 Mal in die Hände. Eine prächtige Kutsche fuhr vor, und ein Diener stieg aus.
Die beiden Männer sprachen miteinander
in einer fremden Sprache.
Dann holte der Diener eine Schachtel aus der Kutsche und gab sie Bastiano mit einer kleinen Verbeugung.

„Die... die sind doch bestimmt ein Vermögen wert",
stotterte Bastiano.
„Ja, sicher, aber Ihr wisst sie zu schätzen,
das habe ich sofort gesehen.
Adieu!"
Schon war der Mann in die Kutsche gesprungen und
davon gefahren.
Bastiano konnte es nicht fassen.

Ungläubig betrachtete er die Schachtel in seinen Händen.
Schließlich öffnete er sie.
Tatsächlich!
Es waren die gleichen Schuhe.
Das gleiche Leder, die gleiche funkelnde Schnalle.
Bastiano zog seine alten Schuhe aus und die neuen an.
Herrlich!
In diesem Augenblick war er der glücklichste Mensch
der Welt.
Als er nach Hause kam, erzählte er Cantina alles.
Die fand seine Geschichte natürlich sehr merkwürdig.
„Bastiano, du hast diese Schuhe doch nicht etwa
gestohlen?", fragte sie besorgt. Doch er wiederholte
immer wieder, dass er die Wahrheit erzählt hatte.
Da glaubte sie ihm doch und freute sich für ihn.

In den folgenden Tagen spazierte Bastiano
stolz wie ein Pfau in der Stadt herum.

Die Leute bewunderten seine neuen Schuhe.
Genauso hatte er es sich immer erträumt.
Wenige Wochen später war plötzlich der
geheimnisvolle Mann wieder da.
Er sagte: „Die Schuhe sehen wirklich gut
an Euren Füßen aus.
Trotzdem braucht Ihr noch passende Kleidung."
Und er schenkte ihm einen Umhang aus Seide.
Wieder einige Zeit später kam er und brachte dem
Schuh-Putzer teuren Schmuck. Bastiano war wie im Rausch.
Er liebte sein neues Aussehen.
Eines Tages schließlich bot ihm der Fremde
eine neue Arbeit an.
Er sagte: „Ihr könnt doch nicht mehr als Schuh-Putzer
arbeiten, jetzt, wo Ihr so schicke Kleidung tragt.
Was haltet Ihr davon, als persönlicher Hausdiener bei
einer der reichsten Familien der Stadt anzufangen?"
Bastiano war begeistert.
Natürlich nahm er das Angebot an.

Schon bald war er in den feinsten Kreisen der Stadt
bekannt und fühlte sich von Tag zu Tag wichtiger.
Er bemerkte selbst gar nicht,
dass er sich immer mehr veränderte.
Seine Freunde wollten sich nicht mehr mit ihm treffen,
denn er sprach nur noch von Dinner-Parties und
der neuesten italienischen Mode.

Außerdem redete er plötzlich ganz anders.
Er benutzte Wörter, die einfache Leute nicht kannten.
Für sie klang es fast wie eine Fremd-Sprache,
wenn Bastiano etwas sagte. Er aber wurde ungeduldig,
wenn man ihn nicht verstand.
Er fing an seine alten Freunde zu verachten.
Sie kamen ihm plötzlich ungebildet und dumm vor.
Auch mit seiner Frau sprach er nur noch wenig.
Bastiano war so überheblich geworden,
dass er mit Cantina nichts mehr anfangen konnte.
Schließlich verließ er sie und zog in die Villa seiner
Herrschaften.

Die Jahre vergingen, und eines Tages erfuhr Bastiano,
dass Cantina einsam in ihrem Haus gestorben war.
In diesem Moment wurde ihm klar,
was er verloren hatte. Er weinte wochenlang,
aß nichts mehr und redete mit niemandem.
So lange, bis auch er an gebrochenem Herzen starb …“

Nachdem ihre Großmutter zu Ende erzählt hatte,
blickte Peppina lange nachdenklich vor sich hin.

Sie dachte an die Käse- und Kuchenkrümel,
die Brotstückchen mit Marmeladenresten
und die übriggebliebenen Speckscheibchen,
die ihre Mäusefamilie immer mühsam beschaffte.

Hatte sie nicht ein wirklich schönes Leben…?
„Geht es dir gut, Kleines?“,
fragte Peppa schließlich besorgt.
Peppina lächelte sie an und antwortete:
„Es ging mir nie besser, Oma.
Danke für die schöne Geschichte!“

Bäume im Wind

von Achim Amme

Die Bäume wiegen sich im Wind
als ob sie kleine Kinder sind.
Sie schütteln sich und lachen auch
und halten sich vergnügt den Bauch.

Ich kann den Wind nicht hörn, nicht sehn
seh‘ nur die Äste, die sich dreh’n
sich hin und her, zur Seite neigen
mir so die nächste Bö‘ anzeigen.

Ich kann die Bäume sehn, nicht hörn.
Nur eins, das könnte ich beschwör‘n:
Die Bäume sind unheimlich weise –
sie lachen. Doch sie lachen leise.

Hildegard Wittur

Laura rettet die Welt

von Charlotte Richter-Peill

Jeden Tag ging Laura in das kleine Lokal.
Das Lokal lag zwischen dem Supermarkt
und der Bäckerei.
Es war ein einfaches Lokal.
Die Luft roch nach Fett und nach Bratwurst.
Die Tische waren aus Plastik.
Sechs Tische mit Blumen darauf.
Plastik-Blumen.

Jeden Tag setzte sich Laura an den Tisch am Fenster.
Jeden Tag bestellte sie Nummer 11.
Nummer 11: Pommes rot-weiß.
Nummer 11 schmeckte nicht besonders gut.
Nummer 11 schmeckte sogar ziemlich schlecht.
Nummer 11 war nicht goldgelb und knusprig,
sondern blass und weich.
Aber das kümmerte Laura nicht.
Nummer 11 war billig.
Laura hatte nicht viel Geld.
Und etwas musste sie ja bestellen.

Nummer 11 war nicht wichtig.
Wichtig war Jan.
Jan arbeitete in dem kleinen Lokal.

Er arbeitete dort ganz allein.
Kochte den Kaffee.
Briet die Würste auf dem Grill.
Schüttete die Pommes ins Fett, dass es zischte.
Kringelte Ketchup auf die Pommes.
Malte eine Blume aus Mayonnaise auf die Pommes.
Laura saß hier für Jan.
Sie kannte seinen Namen.
Dabei hatte sie ihn nicht danach gefragt.
Das hatte sie sich nicht getraut.

Es war ja so: Laura hatte Angst vor den Menschen.
Laura war 30 und ging nicht gern durch die Straßen.
Sie ging nicht gern in die Bäckerei
oder in den Supermarkt.
Oder zu Dr. Wille.
Sie ging nicht gern dorthin, wo Menschen waren.
Am liebsten ging sie in ihre Wohnung.
Dort war Laura in Sicherheit.
Sie ging nicht mehr zur Arbeit.
Das konnte sie nicht.
Wenn die anderen arbeiteten, blieb Laura zu Hause.

Die Stunden vertrieb sie sich gern mit Kochen.
Sie probierte Rezepte aus.
Sie stellte sich vor, für jemanden zu kochen.
Allerdings kam niemand.

Nur die Angst war bei ihr.
Die Angst war ein Berg in Lauras Brust.
Man kann kaum atmen mit einem Berg in der Brust.
Kaum leben.
Man erstickt beinahe.
Die Einsamkeit in der Wohnung war groß.
Sie war dunkel und dicht, da kam nichts durch.
Die Einsamkeit hielt.

Die Welt war draußen.
Laura fühlte sich schrecklich verloren.
Dann kam eines Tages Frau Thiel zu ihr.
Das hatte Dr. Wille mit Laura besprochen.
Das hatte er so organisiert.

Erst hatte Laura Angst vor Frau Thiel.
Sie kannte Frau Thiel. nicht.
Aber das änderte sich mit der Zeit.
Frau Thiel war eine nette Frau.
Sie hörte Laura zu.
Sie hörte Laura sehr genau zu.
Frau Thiel hatte freundliche Augen
und kam immer wieder.

Laura sah Frau Thiel in die Augen.
Sie erzählte von dem Berg in ihrer Brust.
Und von ihrem Herz.

Es wurde von dem Berg fast zerdrückt.
Lauras Herz war wund und voller Wünsche.
Sie wünschte sich so sehr, bei den Menschen zu sein.
Aber sie konnte nicht.
Also machte Frau Thiel mit Laura einen Plan.
Erst wollte Laura nicht.
Doch dann sagte sie: „Ja."

Jeden Tag gingen sie nun zusammen durch die Tür.
Das war der Plan.
Ein einfacher Plan.
Und trotzdem gefährlich.
Es war die Tür von Lauras Wohnung.
Es war die Tür, die in die Welt führte.
Die Welt konnte alles sein.
Ein Park.
Ein Geschäft.
Ein Ententeich.
Eine Straße.
Ein Ort, an dem Menschen waren.
Nicht viele Menschen.
Aber Menschen.
Ein kleines Lokal.
So hatte es angefangen.

Laura und Frau Thiel gingen jetzt immer
in das kleine Lokal. Laura wollte es so.

Sie sagte Frau Thiel nicht, warum.
Sie traute sich nicht.
Der Tisch am Fenster war für Laura ein besonderer Ort.
Es war der Ort, von dem aus
sie Jan beobachten konnte.
Hier gehörte er nur ihr.
Er ging geradewegs in sie hinein.
In ihr Herz.
Manchmal schaute Frau Thiel zu Jan.
Dann wieder zu Laura.
Frau Thiel sagte nichts und lächelte nur ein wenig.
Ein leises Lächeln.

Nach 3 Monaten ging Frau Thiel in den Urlaub.
Sie fragte Laura: „Soll Frau Maas Sie in dieser Zeit
besuchen?“
Laura brauchte Frau Maas nicht.
Sie konnte jetzt allein durch die Tür gehen.
Die Tür, die in die Welt führte.
Laura hatte ihre Welt gefunden.
Jan.
Laura hatte ihn nicht nach seinem Namen gefragt.
Ein anderer Gast hatte ihn so genannt.
„He, Jan. Bring mir mal‘n Kaffee und so‘n
Schoko-Kringel.“
Die Schoko-Kringel hatte Laura auch schon probiert.
Sie schmeckten noch schlechter als Nummer 11.

Dann lieber Pommes rot-weiß.
Jan sah gut aus.
Wirklich gut, fand Laura.
Nicht wie ein Film-Star.
Aber er hatte so ein feines Gesicht.

Es sah ganz zart aus, dieses Gesicht.
Seine Nase war ein wenig schief.
Sein Lächeln auch.
Jan lächelte oft.
Er lächelte, wenn Laura das Lokal betrat und er „Hallo" zu ihr sagte.
Er lächelte, obwohl Laura nicht antwortete.
Das schaffte sie nie.
Sie wollte Jan gern sagen, wie schön sie ihn fand.
Auch das gelang ihr nicht.
Jan machte das nichts aus.

„Wie immer?", fragte er.
Laura nickte.
Ein paar blonde Strähnen fielen ihm in die Stirn.
Jeden Tag brachte er ihr Nummer 11.
„Einmal Pommes rot-weiß."
Jeden Tag saß Laura an dem Tisch am Fenster.
Mit ihrer Angst.
Mit ihrem Herz, das so viel wollte.
Sie traute sich nicht.

Sie war nicht wie die Frauen in den Filmen.
Oder in den Büchern und Zeitschriften.
Sie war keine Heldin.
Keine Power-Frau.
Kein Party-Girl.
Sie war Laura.
Einfach Laura.
Das, fand Laura, war nichts.
Sie war Laura, die nichts hatte als ihre Angst
und ihr Herz.
Sie fand sich nicht schön und nicht einmal hübsch.
Sie trug eine Brille und wog 5 Kilo zu viel.
Oder 6.

Sie konnte nichts.
Nicht arbeiten.
Nicht mit den Menschen reden.
Nicht Menschen kennen lernen.
Nicht lachen.
Nicht wie alle anderen sein.
Wie waren alle anderen?
Laura wusste es nicht.
Sie wusste nur, dass sie es nicht konnte.
Angst kann nicht.
Angst lernt niemanden kennen.
Angst kennt nur Angst.
Aber etwas gab es, das konnte Laura doch.

Daran dachte sie, wenn sie Nummer 11 bestellte.
Sie konnte kochen.
Sie konnte Pommes Frites machen.
Richtig gute Pommes Frites.
Zu Hause, in ihrer Wohnung, da konnte sie das.
Keine Pommes aus der Tüte,
die man auf ein Back-Blech kippt.
Und dann ab in den Ofen.
Lauras Pommes waren richtig gute Pommes.
Aus der Fritteuse, goldgelb und knusprig.
Nicht blass und weich wie Nummer 11.
Laura hätte gern richtig gute Pommes für Jan gemacht.
Man musste die Kartoffeln
in sehr dünne Stäbchen schneiden.
Die Stäbchen musste man 2 Mal im Fett frittieren.
So wurden sie goldgelb und knusprig.
Aber Laura traute sich nicht, mit Jan zu sprechen.
Jeden Tag der Tisch am Fenster.
Jeden Tag Nummer 11.

Weiche Pommes Frites.
Wie Matsch.
Doch das war egal.
Laura wollte bei Jan sein.
Sie wollte ihn ansehen.
Manchmal schaute sie 2 oder 3 Minuten lang.
Ihre Pommes wurden kalt.

Aber sie schmeckten ja sowieso nicht.
Laura guckte Jan nur heimlich an.
Er merkte es nie.
Sag etwas zu ihm, dachte Laura.
Was kann denn passieren?
Nun, da gab es eine Menge.
Ein Nein konnte passieren.
Der Berg in Lauras Brust konnte explodieren.
Ihr Herz konnte zerreißen.
Die ganze Welt konnte untergehen.
Man konnte sterben vor Schmerz.
Laura schwieg und aß ihre Pommes.
Sie waren blass und kalt.
Jan lächelte noch immer.
Er war völlig außer Reichweite.
Und mit der Zeit wurde sein Lächeln anders.
Da war sich Laura ganz sicher.
Sie fand, sein Lächeln wurde blass und kalt.
Als sie am nächsten Tag durch die Tür wollte,
ging es nicht mehr.

Frau Thiel kam aus dem Urlaub zurück.
„Gehen wir?“, fragte sie und deutete zur Tür.
Laura schüttelte den Kopf.

Frau Thiel setzte sich.
„Fühlen Sie sich nicht wohl?“, fragte sie.

„Mir geht's gut", sagte Laura.
Frau Thiel fragte, wann Laura zuletzt durch die Tür gegangen sei.
Laura sagte nichts.
Sie sah Frau Thiel einfach nur an.
„Wann, Laura?", fragte Frau Thiel.
„Vor 3 Tagen", sagte Laura.
„Oder 4."

Die Stimme von Frau Thiel klang vorsichtig.
„Was ist mit dem kleinen Lokal?"
„Nichts ist damit", sagte Laura.
„Ich geh da nicht mehr hin."
Frau Thiel schwieg.
Laura begann zu weinen.
Dann erzählte sie alles.
Jan fehlte ihr.
Er fehlte ihr wie verrückt.
Aber da war dieses Lächeln.
Blass. Kalt.
Sie konnte nicht.
Laura legte eine Hand an ihre Stirn.
Schloss die Augen.
Jan.
Jan.
Jan.
Sie weinte schon wieder.

Frau Thiel sagte: „Laura."
Sie legte einen Arm um Lauras Schultern.
Als sie das tat, zuckte Laura zurück.
Dann saß sie still.
Frau Thiel sprach davon, dass man sprechen musste.
Laura schüttelte den Kopf.
„Was kann denn passieren?", fragte Frau Thiel leise.
Laura wischte sich übers Gesicht.

Sie erzählte von dem Berg, der explodieren konnte.
Von dem Herz, das zerreißen konnte.
Eine ganze Welt konnte untergehen.
Man konnte sterben vor Schmerz.
Dort draußen.

„Ja", sagte Frau Thiel.
„Und hier drinnen, Laura, hier sterben Sie auch."
Sie machten einen neuen Plan.
Einen Weltrettungs-Plan.
In dieser Nacht schlief Laura nicht.
Sie saß am Fenster und sah auf die dunkle Straße.
Sie musste die Welt retten.
Ob sie das konnte, wusste sie nicht.
Frau Thiel hatte „Ja" gesagt.
Aber was wusste Frau Thiel von der Welt?
Lautlos wich das Dunkel der Nacht dem Tag.
Als die Sonne aufging, machte sich Laura bereit.

Heute musste sie die Welt retten.
Das konnte sie.
Oder auch nicht.
Die Welt konnte untergehen.
Oder auch nicht.
So einfach war das.
Frau Thiel begleitete Laura bis zu dem kleinen Lokal.
„Ich warte in der Bäckerei", sagte sie. Laura nickte.
„Wenn die Welt untergeht,
kommen Sie in die Bäckerei."
Laura nickte.
„Versprechen Sie das."
Laura versprach es.
Frau Thiel drückte ihre Hand und ging.
Als Laura das kleine Lokal betrat, war sie Laura.
Keine Heldin.
Keine Powerfrau.
Kein Partygirl.
Sie war Laura.
Einfach Laura.
Die Retterin der Welt.

Sie setzte sich an den Tisch am Fenster.
Sie war der einzige Gast.
Jan kam zu ihr und lächelte.
Vielleicht war sein Lächeln kalt.
Vielleicht war sein Lächeln blass.

Aber vielleicht auch nicht.
„Wie immer?“, fragte er.
Laura wollte nicken.
Aber sie musste die Welt retten.
Sie holte tief Luft.
„Nein“, sagte sie.
Ihre Stimme zitterte.
„Nicht Nummer 11. Ich … heiße Laura.“

Da passierte es.
Der Boden begann zu zittern.
Die Fenster-Scheiben klirrten.
Laura hörte ein Geräusch, das grässlich klang.
Als würde jemand die Welt packen und sie mit seinen starken Fäusten zerreißen.
Eine Gänse-Haut kroch über Lauras Arme.
Mit beiden Händen hielt sie sich an der Tisch-Kante fest.
„He“, sagte Jan. „Alles in Ordnung mit dir?”
Er sah aus dem Fenster.

„Jetzt geht das wieder los“, sagte er.
Laura blinzelte und wandte den Kopf.
Vor dem Fenster war eine Baustelle.
Die hatte sie vorhin nicht gesehen.
Sie hatte nur an Jan gedacht.
Sie hatte nur daran gedacht, die Welt zu retten.
Ein Mann riss mit einem Pressluft-Hammer die Straße auf.

Der Boden zitterte und die Scheiben klirrten.
Sonnen-Licht fiel durch das Fenster.
Es legte sich wie ein Schleier um Jans Schultern.
Sie konnte nicht weitersprechen.
Sie konnte nichts.
Sie konnte die Welt nicht retten.

„Hallo Laura“, sagte Jan in den Lärm.
„Weißt du was?
Ist keiner hier und kommt auch keiner.
Nicht bei dem Krach.
Ich mach den Laden zu.
Dann gehen wir zusammen was essen. Irgendwo.“
Laura schaute in Jans Gesicht.
Der Pressluft-Hammer schwieg.
„Ich kann für dich richtig gute Pommes machen“,
sagte sie.

Der STEFAN-Keks und das große Glück

von Nelly Neukirchen

Ich stehe an der Bushalte-Stelle und warte auf den Bus.
Es ist sehr früh. Dunkel und kalt.
Ich bin entsetzlich müde, denn ich konnte nicht schlafen.
Ich habe mich die ganze Nacht im Bett gewälzt
und mit dem Kopf-Kissen gekämpft.
Die ganze Zeit musste ich an Stefan denken.
Stefan arbeitet mit mir in der Werkstatt.
Wir bauen Schaukel-Stühle aus Holz,
die sich richtig gut verkaufen.
Er sägt die Einzel-Teile, ich bemale die fertigen Stühle.
Ganz bunt und wild.

Ich finde Stefan sehr, sehr nett.
Ich glaube sogar, ich bin verliebt in ihn und deswegen
wollte ich ihm ein besonderes Geschenk machen.
Ich fand, ich hatte eine richtig gute Idee.
Meine Schwester Klara hat mir geholfen.
Sie kam extra zu mir nach Hause, in meine WG.
„Hallo Maike!", hat sie gesagt,
als sie mit Schnee-Flocken auf den Haaren
zur Tür reingekommen ist.
„Schau mal! Ich habe Butter, Mehl, Eier, Zucker und
Zitronen mitgebracht. Das wird ein richtig leckerer
Teig!" Wir hatten richtig viel Spaß.

Wir haben uns mit Mehl beworfen, bis wir vor Lachen Bauch-Weh hatten.
Wir haben Teig genascht, bis wir furchtbaren Appetit auf Essig-Gurken bekamen.
Und wir haben 6 wunderschöne Buchstaben gebacken:
Ein S, ein T, ein E, ein F, ein A und ein N.
Die einzelnen Buchstaben haben wir dann
mit Zucker-Guss zu einem großen, leckeren „STEFAN“
zusammen-geklebt und mit Zucker-Streuseln verziert.

Die ganze Zeit hatte ich ein Kribbeln im Herzen.
Weil ich daran denken musste, dass Stefan sich
unglaublich über seinen Keks-Namen freuen würde.
Und dann würde er merken, wie nett ich bin.
Und dann würde er sich auch verlieben, und wir wären glücklich bis ans Ende unserer Tage. Wie im Märchen.
So ungefähr stellte ich mir das vor.
„Er freut sich bestimmt riesig!“, meinte auch Klara.
„Komm! Vom Rest backen wir Kekse für Deine WG!“
Das machten wir, und wir hatten einen richtig schönen, lustigen Abend mit Justus und Paula
und unserer Betreuerin Iris.
Alle fanden den STEFAN-Keks klasse.

Am nächsten Tag nahm ich ihn mit zur Arbeit,
nachdem ich ihn mit glitzernder Folie eingepackt hatte.
Es sah wunderschön aus.

Stefan ist so wie ich, aber größer und viel hübscher,
mit ganz blonden Haaren und hellblauen Augen hinter
seiner Brille.
Bis zu diesem Tag hatte ich noch nie mit Stefan
gesprochen.
Ich traute mich nicht. Ich bin so schon schüchtern.
Und bei Stefan erst recht.
Deshalb legte ich den Keks einfach an seinen
Arbeitsplatz, neben seine Säge, kurz bevor er kam und
stellte mich wieder an meine Arbeits-Station.
Ich sah ihn kommen. Mein Bauch flatterte.

Stefan sah seinen Keks-Namen. Er stutzte.
Dann wurde sein Gesicht ganz böse, und er warf
mein schönes Geschenk einfach auf den Boden
zwischen die Säge-Späne.
Den Rest des Tages trampelte er beim Arbeiten
immer darauf herum, so dass es allmählich
zu schmutziger Keks-Zuckerstreusel-Matsche wurde.
Ich wurde so traurig wie ein nebliger Herbst-Tag.
Mein Kopf war furchtbar heiß und ich konnte nicht
aufhören zu denken, dass Stefan mich einfach nur
aufdringlich und peinlich findet.

Und seither kann ich nicht mehr richtig schlafen,
und mein Herz ziept. Mein Magen auch.
Karla sagt, dass ich Herz-Schmerz habe.

Meine Mama und Justus und Paula und Iris sind total lieb zu mir. Aber das hilft mir überhaupt nicht.
Und Schokolade essen auch nicht.
Zigaretten rauchen auch nicht.
Beides tue ich trotzdem. Auch jetzt gerade.

Erinnert Ihr Euch?
Ich stehe immer noch an der Bushalte-Stelle.
Es ist immer noch sehr früh, sehr dunkel und sehr kalt.
Und ich esse Schokolade, ein Stück nach dem anderen und rauche gleichzeitig eine Zigarette.
Die Leute denken, ich merke es nicht, aber sie gucken noch komischer als sonst.
Und gerade verstehe ich sie sogar. Ist mir aber egal.
Ich will einfach nur hier stehen und meine Ruhe haben.
Der Bus kommt, und ich steige ein.
Ich suche nach einer leeren Doppelbank.
Ich sitze gerne alleine im Bus.

Plötzlich durchfährt es mich blitzkalt.
Da sitzt Stefan. Ganz hinten auf der Fünferbank und schaut mich an. Wieso ist er hier?
Er fährt nie mit diesem Bus.
Das weiß ich, weil ich immer damit fahre.
Ich fahre immer nur mit dieser Linie, weil ich durcheinander-komme, wenn ich mich nicht auskenne.
Jetzt komme ich auch durcheinander.

Ich habe geübt, Stefan auf der Arbeit zu ignorieren.
Auch wenn es mir das Herz zerfetzt hat,
ging das einigermaßen.
Aber hier im Bus will ich ihn nicht haben.

Ich will wieder aussteigen, aber der Bus fährt ruckelnd an. Eine Frau mit Hund auf dem Schoß zieht mich vorsichtig auf den Sitz neben sich.
Ich weiß, sie will nett sein, aber gerade möchte ich eigentlich nur ihren doofen, schnaufenden Mops nehmen und ihn aus dem Bus werfen.
Außerdem sitze ich so falsch rum – in Blick-Richtung zu Stefan, der mir jetzt auch noch zuwinkt. Was soll das? Wieso trampelt er erst auf meinem Geschenk rum und winkt mir jetzt zu?

Ich murmle der Mops-Frau ein „Danke“ zu und setze mich um. Ihr gegenüber, so dass ich nach vorne zum Bus-Fahrer schauen kann.
Ich will Stefan nicht sehen.
Meine Wangen sind schon wieder ganz heiß.
Ich lehne den Kopf gegen die kalte Fenster-Scheibe und schließe die Augen.
Versuche, das Durcheinander in mir drin zu sortieren.

Plötzlich spüre ich, wie sich jemand neben mich setzt.
Sind neue Leute eingestiegen?

Ich habe gar nicht gemerkt, dass der Bus angehalten hat. Ist mir auch egal. Ich bin immer noch mit Sortieren beschäftigt. Jetzt fasst mich auch noch jemand an.
Ich mag es nicht, wenn fremde Leute mich anfassen.
Meine Mama sagt, das ist ganz normal.
Keiner mag es, von fremden Menschen angefasst zu werden. Vielleicht ist es wieder die Mops-Frau.
Ich mache die Augen auf und schaue direkt
in Stefans blaue Augen. Ich erschrecke so,
dass ich die Augen einfach wieder zumache
und mich zum Fenster wegdrehe.

„Maike“, sagt er, „kann ich mit Dir sprechen?“
Ich schüttle mit geschlossenen Augen den Kopf.
Er hat mir weh getan. Er soll mich in Ruhe lassen.
Aber Stefan lässt mich nicht in Ruhe.
Er fasst mich wieder an.
Mein Arm kriegt Gänsehaut.
„Ich muss aber mit Dir sprechen.
Ich will mich entschuldigen. Ich wusste nicht,
dass die Buchstaben-Kekse von Dir waren.
Iris hat mir das erzählt.
Sie hat mir auch erzählt, dass Du sehr traurig bist.
Das will ich nicht.“
Ich habe ihn noch nie so viel reden hören.
Er hat eine leise, ein bisschen heisere Stimme.
Ich schaue ihn an. Er ist so hübsch.

Etwas in mir schmilzt ein bisschen.
Ich merke, dass mir eine Träne die Wange runterkullert.
Stefan schaut erschrocken.

Die Frau und der Hund gegenüber starren uns an,
aber das ist mir sowas von egal.
„Wieso bist Du auf dem Stefan-Keks so böse
rumgetrampelt?“, frage ich schließlich.
„Ich … “, er schaut auf seine Hände,
die auf seinen Knien liegen.
An der einen Hand hat er ein großes, weißes Pflaster.
Da hat er sich beim Holz-Sägen verletzt.
Das weiß ich, weil ich Stefan in der Werkstatt oft
heimlich beobachte, selbst als es so weh tat.
Es ist schön, ihn anzuschauen. Auch jetzt.
Er hebt wieder den Kopf. „Ich kann nicht lesen.
Ich schaff‘ es einfach nicht, es zu lernen.
Und ich dachte, mit der Keks-Schrift will sich jemand
über mich lustig machen.“
„Er schaut wieder auf seine Hände.

„Oh“, bringe ich nur heraus. Stefan tut mir leid.
Und ich fühle mich schrecklich.
Ich wollte ihm eine Freude machen und ihm zeigen,
dass ich ihn furchtbar gern mag.
Stattdessen habe ich ihn dazu gebracht,
sich dumm zu fühlen.

In mir blüht langsam eine große Blume auf.
So groß, dass ich kein Wort herausbringe.
Ich traue mich und nehme vorsichtig seine Hand.
Sie ist rau vom Holz.
Auf meiner Hand sind Spritzer von roter und blauer
Farbe, die auch beim Duschen nicht abgegangen sind.
Stefan schaut mich ein bisschen überrascht an.

Dann fängt er an zu lächeln. Er strahlt mich an. Mich!
Ich strahle zurück und wir drücken unsere Hände
wie verrückt.
Alles um uns rum wird bunt und leuchtend und leicht.
Der Bus hebt ab und fliegt einen Looping
und wir mit ihm, und ich bin so glücklich
wie noch nie in meinem Leben.

Rudolf Xanke

Bahnfahrt

von Felix Holzmair

Dich sehen. Vorbeigehen. Magnet. Zurückkommen. Hallo sagen. Hinsetzen. Neben dich. Scheu wegblicken. Dich ansehen müssen. Ertappt Augen schließen. Neben dir von dir träumen. Ein kleines Stückchen näher rücken. Betont lässige Haltung. Plötzlich deine Stimme. Angenehm. Telefonat. Der Freund. Den liebst du sicher nicht. Nie. Weiter träumen. Telefonat Ende. Kurz rüber schauen. Gleich wieder weg. Noch mal. Schüchtern lächeln. Anders hinsetzen. Leicht zu dir gedreht. So dass du's nicht bemerkst. Du bemerkst es. Schnell Augen zu. Blinzeln. Es stört dich nicht. Danke. Durchatmen. Deinen Körper ein wenig näher kommen spüren. Ganz leicht. Dich riechen können. Unbeschreiblich. Dich küssen wollen. Müssen. Feige sein. Oder vernünftig. Also feige. Endstation. Austräumen. Augen öffnen. Aufstehen. Ein letzter Blick. Umdrehen. Weggehen. Aussteigen. Schade.

Morgens im Garten

von Dörte Müller

Ich schlage die Augen auf.
Es ist kurz vor sechs.
Schnell stehe ich auf und ziehe mich an.
Es ist ganz ruhig.
Ich genieße die Stille, die anderen schlafen noch.
Ich weiß, es wird ein anstrengender Tag werden,
aber das stört mich nicht. Nachher werden viele Leute
kommen, sogar jemand von der Zeitung.
Aber der Morgen gehört mir.
Mir ganz allein.
Es ist mein Tag, ich spüre es.
Ich ziehe meine Strick-Jacke über
und gehe hinaus in den Garten.

Wir haben einen großen Garten mit vielen
Obst-Bäumen und einer Wild-Wiese.
Die Sonne steht schon hoch am Himmel,
die Hühner unseres Nachbarn gackern
und irgendwo in der Ferne höre ich einen Trecker.
Vor mir flattern zwei bunte Schmetterlinge und lassen
sich schließlich auf den unzähligen Blumen nieder.
Es duftet herrlich nach Blüten.
Ich liebe den Frühling, das helle Grün der Buchen,
die weißen Blüten des Kirsch-Baums.

Hier und da bleibe ich stehen
und rieche an einer Blume. Herrlich!
Vögel zwitschern über mir, unsere alte Katze schleicht
durchs Gras.
Minka ist immer auf der Jagd nach Mäusen.
Als sie mich sieht, kommt sie auf mich zu
und reibt sich schnurrend an meinen Beinen.
Ich kraule ihr weiches Fell und schließe
für einen Moment die Augen.
Ich spüre die Sonnen-Strahlen auf meinem Gesicht.
Sie werden wärmer und wärmer.
Der graue Winter ist schon lange vergangen,
überall wächst neues Leben.

Langsam gehe ich weiter bis zu unserer Holz-Bank
am oberen Ende des Gartens.
Dort setze ich mich hin und schließe erneut die Augen.
Ich höre einen Kuckuck und denke:
„Was für ein wundervoller Tag!“

In Momenten wie diesen wird mir klar,
dass das Leben wunderschön und einzigartig ist.

Plötzlich halten zwei kleine Hände mir
von hinten die Augen zu.

Noch bevor Annika etwas sagt, weiß ich, dass sie es ist. Dann höre ich ihr helles Stimmchen und mein Herz schwappt über vor Freude:

„Alles Gute zum 90. Geburtstag, liebe Uromi!“

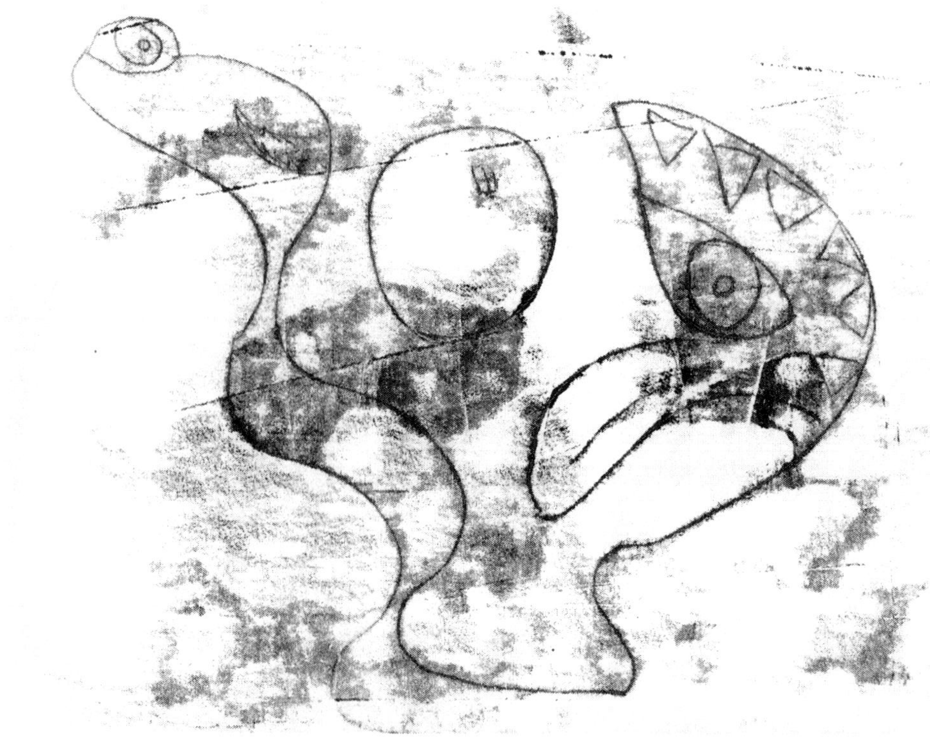

Klaus Kraus

Tina und Kurt

von Ulrike Bruder

Der Neue

Hallo, sagt Tina.
Sie guckt den Neuen an.
Der Neue guckt auch.
Er sagt erst mal nichts.

Hallo, sagt Tina nochmal.
Ich heiße Tina.
Und du?
Der Neue guckt immer noch.
Er merkt: Tina ist eine Freundliche.
Sie lacht ihn an.

Sie hat große Augen
und einen blonden Pferde-Schwanz.
Sie gefällt ihm.
So macht er den Mund auf und sagt:
Ich bin Kurt.

Sie schauen sich an.

Tina fragt:
Kommst du mit rein? Drinnen ist Disco.

Kurt guckt zur Tür.
Er sagt nichts.

Tina fragt: Warst du schon mal da?
Kurt schüttelt den Kopf.
Tina sagt: Komm, ich zeig's dir.
Drinnen können wir Cola kaufen.
Und Fanta.
Und Chips.
Und hinten tanzen wir.

Sie zieht Kurt hinter sich her.

In der Disko läuft super schöne Musik.
Kurt fühlt sich bald richtig gut.
Tina kennt hier alle Leute.
Und alle kennen Tina.
Tina zeigt Kurt alles.

Kurt lernt ein paar Leute kennen.

Dann kauft Kurt eine Cola für sich
und eine Cola für Tina.
Und Erd-Nüsse für sie beide.

Und sie tanzen miteinander,
ganz oft.

Später müssen sie gehen.
Tina fragt: Kommst du nächsten Freitag wieder?

Kurt nimmt Tina bei beiden Händen.
Er nickt.
Ja. Nächsten Freitag.
Aber Kurt lässt die Hände von Tina noch nicht los.
Er schaut sie lange an.
Dann gibt er ihr einen Kuss auf den Mund.

Die Einladung

Jetzt treffen sich Tina und Kurt jeden Freitag.
Sie gehen zusammen in die Disko.
Sie geben sich viele Küsse.

Dann bringt Kurt einen Umschlag mit.
Er gibt ihn Tina.
Der Umschlag ist rot,
und drinnen steckt eine Karte.
Es ist eine Einladung.

Da steht:
Liebe Tina!
Ich habe bald Geburtstag.
Komm bitte am Samstag zu mir.
Wir feiern in der Jäger-Straße 17.

Es gibt Kaffee und Kuchen.
Abends grillen wir im Garten.
Dein Kurt.

Tina freut sich sehr.

Das Geburts-Tags-Geschenk

Am Samstag-Morgen geht Tina ins Kauf-Haus.
Sie sucht ein Geschenk für Kurt.
Es soll ein richtig schönes Geschenk sein.
Kurt soll sich freuen,
und dann soll er ihr einen Kuss geben.
Einen großen Freuden-Kuss!

Tina steht lange und guckt.
Da ist ein weißer Teddy-Bär.
Er ist ganz weich und schön.
Und er ist fast so groß wie Tina.
Aber er kostet sehr viel Geld.
Tina hat nicht so viel Geld.
Sie ist traurig.
Aber dann sucht sie weiter.
Sie findet eine Tasse mit bunten Schmetterlingen.
Sie sieht die Tasse und freut sich.
Bestimmt gefällt sie Kurt.
Tina kauft die Tasse.

Sie kauft auch eine Dose mit Erdnüssen.
Sie weiß:
Kurt isst gern Erdnüsse.
Zu Hause füllt sie die Erdnüsse in die Tasse.
Sie wickelt alles ein
in Geschenk-Papier.
Am Schluss kommt eine große Schleife drum herum.
Tina freut sich.
Das Geschenk sieht richtig schön aus.

Die Geburtstags-Feier

Am Nachmittag fährt Tina mit der Straßen-Bahn.
Sie war noch nie in der Jäger-Straße.

Aber an der Halte-Stelle steht Kurt.
Er wartet auf sie.
Auch der Vater von Kurt ist dabei.
Kurt wohnt bei seinen Eltern.
Zusammen gehen sie dorthin.

Die Mutter von Kurt begrüßt Tina.
Sie sagt: Komm rein!
Tina gibt Kurt ihr Geburtstags-Geschenk.
Kurt wickelt es aus.
Er sieht die Tasse mit den Erdnüssen und freut sich sehr.
Er umarmt Tina
und gibt ihr viele Küsse auf den Mund.

Die Eltern von Kurt stehen daneben und gucken.
Sie machen ganz große Augen.

Auch zwei Freunde von Kurt sind da.
Alle sitzen auf der Terrasse.
Es gibt Kaffee und eine Schokoladen-Torte.
Kurt strahlt. Alle singen für ihn.
Er ist das Geburtstags-Kind.

Das schönste Geschenk ist deine Tasse, sagt Kurt zu Tina.
Er gibt ihr wieder viele Küsse.
Dann zieht er die Bluse von Tina hoch.
Er guckt ihre Brust an und lacht.
Auch Tina lacht. Sie wird ganz rot.

Aber Kurt, sagt der Vater.
Er schüttelt den Kopf
und zieht Kurts Hand weg von Tina.
Es gefällt ihm nicht.
Aber Kurt und Tina gucken sich immer wieder an.

Später grillen sie Würstchen.
Alle sind fröhlich.

Plötzlich sagt Tina zu Kurt:
Du sollst mich auch besuchen.
Am nächsten Samstag.

Ja, sagt Kurt sofort.
Am nächsten Samstag besuche ich dich.

Der Vater von Kurt will wissen:
Tina, wo wohnst du?

Ich wohne in meiner Wohnung, sagt Tina.
Tina hat eine eigene Wohnung.
In ihrem Haus gibt es noch andere Wohnungen.
Aber in ihrer Wohnung wohnt sie allein.

Ich weiß nicht, sagt der Vater.
Ich weiß nicht, sagt die Mutter.
Beide schütteln den Kopf.

Aber Kurt sagt: Ich will Tina besuchen.
Und Tina sagt: Kurt soll zu mir kommen.
Tina und Kurt halten sich fest an den Händen.

Der Vater guckt.
Er denkt nach.
Er fragt:
Soll ich Kurt mit dem Auto hinbringen?
Darf ich dann solange bei euch bleiben?

Tina und Kurt sind einverstanden.

Die Liebe

Am Samstag kommt Kurt zu Besuch.
Sein Vater kommt mit.

Tina hat einen Obst-Boden gekauft
und Pfirsiche drauf-gelegt.
Sie hat Kaffee gemacht und Schlag-Sahne.
Es schmeckt allen.

Dann küssen sich Tina und Kurt.
Tina sagt zu Kurt:
Ich liebe dich.
Und Kurt sagt zu Tina:
Ich dich auch.
Sie legen sich aufs Sofa
und küssen noch mehr.

Der Vater sagt:
Wir müssen miteinander reden.
Bitte setzt euch wieder hin.

Sie setzen sich hin und reden miteinander.

Der Vater sagt:
Ihr habt euch lieb.
Das ist schön.

Aber ihr müsst aufpassen.
Tina, nimmst du die Pille?

Tina überlegt.
Sie sagt:
Ich war mal krank.
Da habe ich Tabletten bekommen.
Sonst nicht.

Der Vater fragt:
Kennst du jemand,
mit dem du das besprechen kannst?

Tina nickt.
Sie bekommt oft Besuch von einer Frau.
Die Frau hilft ihr, wenn sie etwas nicht weiß.

Die Besprechung

Nächste Woche kommt die Frau.
Sie spricht mit Tina.
Auch Kurt und der Vater sind dabei.

Die Frau sagt:
Tina, du brauchst die Pille.
Das ist wichtig für dich.
Sonst bekommst du vielleicht ein Baby.

Ein Baby macht viel Arbeit.
Nachts schreit es.
Es ist besser so.

Tina ist einverstanden.
Sie beschließen:
Tina geht zu einem Frauen-Arzt.
Dann bekommt sie die Pille.

Und die Frau sagt noch:
Tina, ich freue mich für dich.
Kurt ist nett.
Du hast einen lieben Freund.

Der Urlaub

Es wird Sommer.
Tina freut sich.
Sie sagt zu Kurt:
Bald haben wir Urlaub.
Gehst du mit mir ins Schwimm-Bad?

Aber Kurt sagt:
Im Sommer fahre ich immer fort.
Mit meinen Eltern.
Tina ist enttäuscht.

Aber dann ist wieder Disko.
Kurt kommt auch.
Er ist ganz aufgeregt.
Er sagt zu Tina: Meine Eltern nehmen dich mit.
Da wird auch Tina ganz aufgeregt.

Die Eltern von Kurt besprechen alles mit ihnen.
Sie sagen: Wir fahren ans Meer.
Dort haben wir eine Ferien-Wohnung.
Es gibt genug Platz.
Tina kann mitkommen.
Jetzt freuen sich Tina und Kurt noch mehr
auf den Urlaub.

Das Schiff

Tina war noch nie am Meer.
Sie steht mit Kurt am Strand.
Sie staunt.
So viel Wasser, sagt sie.
Viel mehr als am Bodensee.

Kurt kennt sich aus.
Er sagt: Ich war auch schon am Bodensee.
Dort ist viel Wasser,
und hinter dem Wasser sind Berge.
Hinter dem Meer ist nichts.

Aber die Mutter von Kurt sagt:
Hinter dem Meer ist ein blauer Strich.
Darüber ist der Himmel.
Der blaue Strich ist der Horizont.
Hinter dem Horizont ist wieder Wasser.
Danach kommt ein anderes Land.
Aber wir können es nicht sehen.
Es ist sehr weit weg.

Tina kann das nicht glauben.
Sie sieht kein anderes Land.
Aber sie sieht ein großes Schiff.
Es schwimmt auf dem Wasser
und fährt fort,
hinaus aufs Meer.
Es wird immer kleiner.
Dann sehen sie das Schiff nicht mehr.
Es verschwindet an der blauen Linie.

Siehst du, sagt die Mutter.
Jetzt sehen wir das Schiff nicht mehr.
Aber es ist noch da.
Es fährt in das andere Land.

Tina nickt und sagt:
Wir sehen es nicht mehr,
weil es ist so weit weg.

Die Ferien-Wohnung

Tina gefällt es gut in der Ferien-Wohnung.
Die Wohnung hat einen großen Balkon.
Darauf sind Blumen und ein Sonnen-Schirm.
Sie sitzen oft dort
und schauen aufs Meer.

Dann gibt es ein Wohn-Zimmer.
Abends gucken sie fern.
Und die Mutter von Kurt kocht.

Einmal kocht auch Tina.
Kurt hilft ihr dabei.
Es gibt Nudeln und Tomaten-Soße und Salat.
Tina kann super kochen, sagt Kurt.
Er ist stolz auf sie.

Dann ist da ein Schlaf-Zimmer
für die Eltern von Kurt.
Und noch ein Schlaf-Zimmer für Kurt und Tina.

Tina und Kurt haben ein großes Doppel-Bett.
Das gefällt ihnen.
Sie haben viel Platz
und können zusammen schlafen.
Sie küssen sich und lieben sich.

Kurt hat auch einen Nacht-Tisch.
Dort steht die Tasse von Tina.
Die Geburtstags-Tasse mit den Schmetterlingen.
Es ist meine Lieblings-Tasse, sagt Kurt.

Jeden Morgen um 7
kommt die Mutter herein.
Sie bringt die Tabletten von Kurt.
Kurt nimmt die Tabletten
und trinkt dann Wasser aus der Tasse.

Kurt hat Epilepsie, sagt die Mutter.
Er kann Anfälle bekommen.
Deshalb braucht er die Tabletten.
Immer um 7.
Das ist wichtig.

Kurt nimmt seine Tabletten,
dann schlafen sie wieder ein.
Im Urlaub wollen sie lange schlafen.

Am Strand

Tina und Kurt gehen oft an den Strand.
Dort sind immer viele Leute.
Tina und Kurt legen ein Hand-Tuch auf den Sand.
Darauf können sie liegen.

Die Sonne scheint jeden Tag.
Tina und Kurt haben Sonnen-Creme.
Damit cremen sie sich ein.
Beim Rücken helfen sie sich.
Kurt cremt Tina den Rücken ein,
und Tina cremt Kurt den Rücken ein.

Manchmal gehen sie auch baden.
Am Anfang hat Tina Angst.
Sie geht nur mit den Füßen ins Wasser,
dann bleibt sie stehen.

Aber Kurt geht weit ins Wasser.
Nur der Kopf guckt heraus.
Kurt hat Schwimm-Flügel
und kann richtig schwimmen.
Sein Vater ist dabei
und passt auf.
Für alle Fälle, sagt er.

Der Vater kauft auch Schwimm-Flügel für Tina.
Jetzt hat sie weniger Angst.
Sie geht weiter hinein ins Wasser.
Jeden Tag weiter.
Am Schluss geht sie fast so weit wie Kurt.

Sie freut sich und strahlt.
Sie ist stolz auf sich.
Und dann kauft sie zwei Eis.
Eins für sich und eins für Kurt.

Es ist herrlich.
Sie genießen den Urlaub.

Kurt hat einen Anfall

Wenn sie ans Meer gehen,
trägt Kurt immer eine Sonnen-Brille.
Wegen dem Wasser, sagt er.
Die Wellen glitzern so hell.
Da kann ich Anfälle bekommen.

Tina hat noch nie gesehen,
dass jemand einen Anfall hat.
Aber dann passiert es.

Tina sitzt am Strand
und schaut nach einer Möwe.
Kurt will schwimmen und geht ins Wasser.
Da schreit er plötzlich und fällt hin.
Seine Arme und Beine bewegen sich ganz komisch.
Er krampft.

Zum Glück ist das Wasser hier nicht tief,
und der Vater von Kurt
ist ja bei ihm.
Er zieht Kurt auf den Sand.
Kurt liegt da und krampft.

Tina rennt hin.
Sie ist ganz erschrocken.
Aber der Anfall geht schnell vorbei.
Kurt liegt auf dem Hand-Tuch.
Er schläft lange.
Am Abend läuft er wieder herum
und ist fröhlich.

Nur die Eltern von Kurt
reden lange darüber.
Die Mutter sagt:
Wenn wir daheim sind,
muss Kurt wieder zum Arzt.
Vielleicht braucht er mehr Tabletten.

Aber erst bleiben wir hier,
sagt Kurt.
Tina und Kurt lieben das Meer.
Sie wollen noch ganz lange Urlaub machen.

Kurt hat Kopfweh

Dann ist der Urlaub vorbei.
Tina und Kurt gehen wieder zur Arbeit.
Sie freuen sich auf den Freitag,
da treffen sie sich in der Disko.

Aber am Freitag mag Kurt nicht tanzen,
und er mag auch keine Erdnüsse.
Er sagt zu Tina:
Tina, ich habe Kopfweh.
Ich glaube, ich bin krank.
Ich gehe lieber heim.

Tina geht mit ihm zur Straßen-Bahn.
Sie gibt ihm einen Kuss.
Sie sagt:
Hoffentlich geht es dir bald besser.
Morgen rufe ich dich an.

Am nächsten Tag schläft sie aus,
denn es ist Samstag.
Dann wählt sie die Nummer von Kurt.
Doch keiner nimmt ab.
Sie probiert es später noch einmal
und dann wieder am Mittag.
Aber es ist keiner ist zu Hause.

Tina ist traurig.
Sie macht sich Sorgen um Kurt.

Etwas Schlimmes ist passiert

Da klingelt es an der Tür.
Draußen steht der Vater von Kurt.

Der Vater guckt Tina lange an.
Seine Augen sind rot.
Etwas ist komisch.
Tina bekommt Angst.

Dann kommt der Vater herein.
Er nimmt die Hand von Tina.
Tina, sagt er.
Es ist etwas passiert.
Etwas Schlimmes.
Plötzlich ist Tina ganz kalt.

Tina, sagt der Vater.
Kurt hatte einen Anfall,
heute Nacht
Er musste ins Kranken-Haus.
Aber die Ärzte konnten nicht mehr helfen.

Er macht eine Pause
und wischt sich eine Träne aus dem Auge.
Dann sagt er leise:
Tina,
Kurt ist heute Nacht gestorben.

Tina steht still und guckt.
Was hat der Vater gesagt?
Kurt ist gestorben?

Nein, sagt sie.
Sie will es nicht glauben.
Ihr ist ganz schrecklich kalt.
Tina setzt sich auf den Boden.
Sie sitzt auf dem Boden und weint.
Sie weint ganz schrecklich
und kann nicht mehr aufhören.

Die Trauer

Tina weint immer wieder.
Sie hat rote Augen.
Ihr Gesicht ist ganz nass.
Es ist voll von Tränen.

Der Vater nimmt sie mit nach Hause.
Dort ist die Mutter von Kurt,
und sie weint auch.

Tina darf übers Wochen-Ende bleiben.
So ist sie nicht allein.
Zusammen schauen sie Fotos von Kurt an.

Die Beerdigung

Dann kommt der Tag,
da ist die Beerdigung von Kurt.

Die Eltern von Kurt kommen mit dem Auto.
Sie holen Tina ab.
Sie bringen auch die Lieblings-Tasse von Kurt mit.
Der Vater sagt:
Du kannst ihm die Tasse mitgeben.

Tina nimmt die Tasse in die Hände.
Dann fahren sie zum Friedhof.

Auf dem Friedhof ist eine Kapelle.
Drinnen sind viele Leute
und ein Tisch mit Blumen.
Auf dem Tisch steht auch eine Vase mit einem Deckel.
Das ist die Urne, sagt der Vater.
Er hat Tränen in den Augen.

Die Leute singen.
Eine Pfarrerin kommt und redet.
Tina schaut die Urne an.
Der Vater sagt:
Darin ist die Asche von Kurt.

Tina versteht das nicht.
Kurt ist groß.
Er kann nicht in der Urne sein.

Die Pfarrerin redet von einem Schiff.
Tina denkt an den Urlaub.
Sie hört zu.

Die Pfarrerin sagt:
Es ist wie bei einem Schiff.
Das Schiff fährt aufs Meer.
Es wird immer kleiner.
Dann verschwindet es am Horizont.

Tina weiß:
Der Horizont ist die blaue Linie.
Danach sieht man das Schiff nicht mehr.

Die Pfarrerin sagt:
Das Schiff ist nicht weg.
Wir können es bloß nicht sehen.
Es fährt in ein anderes Land.
Auch Kurt ist nicht weg.
Er ist in einem anderen Land.

Das versteht Tina.

Die Tasse

Alle singen noch einmal.
Dann gehen sie zum Grab.
Zwei Männer senken die Urne ins Grab.

Die Mutter von Kurt wirft eine Rose hinunter.
Sie weint.
Der Vater von Kurt wirft auch eine Rose hinunter.
Dann ist Tina an der Reihe.
Sie hat auch eine Rose.
Sie wirft erst die Rose.
Dann wirft sie die Tasse.

Sie schaut: die Tasse liegt bei der Urne.

Lieber Kurt, sagt Tina laut.
Alle schauen zu ihr hin.

Lieber Kurt, sagt Tina nochmal.
Hier ist deine Tasse.
Für wenn du in dem anderen Land bist.

Der Wasserhahn

von Liane Koch

Der Wasser-Hahn, der Wasser-Hahn,
das ist ein Bursche, oh Mann, oh Mann!
Der gibt mir mein Wasser von früh bis spät
Und tropft und tropft, bis es nicht mehr geht.

Der Wasser-Hahn seine 2 Seiten hat,
durch Rohre verzweigt in der ganzen Stadt,
man findet ihn heute in jedem Haus
und manchmal sogar auf der Straße drauß.

Der Wasser-Hahn schickt mal braun und mal klar,
das Wasser mal schlimm und mal wunderbar,
der schickt mir das Wasser mal kalt und mal warm,
mal nicht zu ertragen und mal hat er Erbarm.

Ja, der Wasser-Hahn hat seine eigne Natur
Und doch ist er Wasser-Hahn, Wasser-Hahn nur.
Sein Herz, seine Seele sind Wasser allein,
sonst würde der Bursche kein Wasser-Hahn sein.

Der Wasser-Hahn stets mir zur Seite steht,
der ist Wasser-Hahn, ja ein Hahn, der nicht kräht.
Mal aus und mal an, grade wie's ihm gefällt
als Wasser-Hahn, Wasser-Hahn auf dieser Welt.

Das Lied

von Ellen Westphal

Alina war wütend.
„Das ist gemein“, sagte sie.
Frau Barth hatte schon wieder
ein anderes Kind bevorzugt.
So sah es Alina.

Alina ging in die 3. Klasse.
Frau Barth war eine Lehrerin von Alinas Klasse.
Sie unterrichtete Musik.

Am Ende der Musikstunde durften sich die Schüler
ein Lied wünschen.
Dann sangen alle das Lied.
Alle in der Klasse durften den Titel
von ihrem Wunschlied rufen.

Frau Barth wählte immer das Lied,
das zuerst gerufen wurde.
Alinas Wünsche hatte sie noch nie ausgewählt.
Denn Alina war immer langsamer als ihre
Klassenkameraden.

Alina war mit allem langsam.
Sie konnte nicht so schnell denken wie andere Kinder.

Sie war nicht gut in der Schule.
Sie brauchte sehr lange, um etwas Neues zu lernen.
Sie konnte nicht gut lesen.
Sie konnte auch nicht gut rechnen.
Das einzige, was sie gut konnte, war singen.

Alina hatte eine sehr schöne Stimme.
Und sie konnte viele Lieder auswendig singen.
Sie liebte es, Lieder auswendig zu lernen.
Dafür brauchte sie auch lange.
Aber sie tat es gerne.
Deswegen lernte sie jedes neue Lied auswendig.
Manchmal brauchte sie ein ganzes Wochenende,
um ein neues Lied zu lernen.
Das machte ihr nichts aus.
Alina hatte am Wochenende sowieso nichts anderes zu tun.
Ihre Eltern arbeiteten auch am Samstag.
Und am Sonntag wollten sie ihre Ruhe haben.
Da hatten sie keine Zeit für Alina.

Alina hatte auch keine Geschwister.
Und sie hatte keine Freunde.
Die anderen Mädchen fanden, dass sie zu langsam ist.
Deswegen langweilten sie sich mit ihr.
Die Jungen fanden sie auch langweilig.
Alina hätte gerne eine Freundin gehabt.
Aber sie war alleine.

Deshalb sang sie viel. Wenn sie sang, merkte sie nicht so deutlich, dass sie sich alleine fühlte.

Sie wollte auch ein Lied aussuchen.
Alle sollten ihr Wunschlied singen.
Aber sie war zu langsam.
Immer war ein anderes Kind schneller mit dem Wünschen.
Alina regte sich jedes Mal darüber auf.
„Nur weil ich nicht so schnell im Kopf bin“, sagte sie.

Alina wusste, dass sie sehr langsam war.
Sie wusste, dass die anderen schneller sind.
Nach jeder Musik-Stunde wurde sie deshalb wütend.
Sie wurde schnell wütend.

„Du musst lernen, dich zu beherrschen.“
Das sagte ihr Vater.
Und ihre Mutter.
Und ihr Arzt hatte das auch gesagt.
Die Lehrer sagten das auch.
Sie hatten Angst vor Alina.
Alina konnte sehr unbeherrscht sein.

Die Wut kam immer sehr schnell.
Alina wurde dann laut.
Früher hatte sie auch um sich geschlagen.

Jetzt lief sie nur schnell weg, wenn sie wütend wurde.
Das machte sie,
weil sie niemanden mehr schlagen wollte.
Der Arzt hatte ihr geraten, schnell zu gehen,
wenn sie wütend wurde.
Weil das besser ist, als jemanden zu verletzen.
Alina fand das auch.

Eines Tages kam eine neue Mitschülerin in die Klasse.
Sie war noch nicht lange in Deutschland.
Ihr Vater war Diplomat.
Deswegen hatte ihre Familie im Ausland gelebt.
Die Familie musste immer umziehen, wenn der Vater
eine neue Aufgabe in einem neuen Land bekam.
Jetzt durfte er im Ministerium arbeiten.
Die deutschen Ministerien sind in Deutschland.
Deswegen war seine Familie nach Deutschland
gezogen.

Susanne hieß die neue Mitschülerin.
Sie musste neben Alina sitzen.
Das war der einzige freie Platz im Klassenzimmer.
Er war in der letzten Reihe.
Dort saß nur Alina.
Niemand wollte neben ihr sitzen.

Die erste Stunde, an der Susanne teilnahm, war Musik.
Mit Musik kann sie sich leicht eingewöhnen,
fanden die Lehrer.
Frau Barth begrüßte Susanne.
„Wir wollen alle freundlich zu Susanne sein."
So ermahnte Frau Barth die Kinder.
Dann setzte sie sich an ihr Klavier.
Sie spielte ein bekanntes Lied.
Die Kinder sangen.
Nur Susanne sang nicht mit.
Sie kannte das Lied nicht.
Sie kannte auch die nächsten Lieder nicht.
Sie hätte viel lieber Mathe gemacht.
Sie konnte gut rechnen.
Zahlen fand sie einfach.
Susanne fing an zu träumen.

Niemand bemerkte, dass Susanne nicht mitsang.
Nur Alina.
Alina sagte nichts dazu.

Sie wusste nicht, was sie sagen sollte.
Sie verstand nicht, dass jemand nicht sang.
Sie fühlte sich immer gut beim Singen.
Und sie glaubte deswegen,
dass sich alle gut beim Singen fühlen.

Zum Schluss der Stunde durften sich die Schüler wieder ein Lied wünschen.
Alina wollte eins wünschen.
Aber sie konnte keinen Ton rausbringen.
Sie konnte sich so schnell nicht für ein Lied entscheiden.
Ein anderer Schüler war schneller.
Wie immer.

Alina wurde auch wieder wütend.
„Das ist gemein“, rief sie.
Dann lief sie aus dem Klassenzimmer.
Erst als der Unterricht zu Ende war,
kam sie wieder in die Schule zurück.

Alle packten ihre Sachen und gingen nach Hause.
Niemand beachtete sie.
Nur Susanne blieb in dem Klassenzimmer.
Alina packte ihre Sachen zusammen.
Sie war nicht mehr wütend.
Ihre Wut ging immer schnell vorbei.
Fast so schnell, wie sie kam.

Als Alina ging, folgte Susanne ihr.
„Warum bist du vom Musik-Unterricht weggelaufen?“
Susanne fragte das.
Sie hatte sich sehr gewundert.
Alina fühlte sich gar nicht angesprochen.
Sie war es nicht gewohnt, dass jemand mit ihr sprach.

Susanne glaubte, dass Alina ihre Frage nicht mitbekommen hat.
Sie wollte nicht locker lassen.
„Warum bist du wütend geworden?"
Das fragte Susanne.
Alina sah sie an.
„Meinst du mich?" Das fragte Alina zurück.
Sie war verblüfft.
Noch nie hatte jemand sie gefragt,
warum sie wütend wurde.
Sie wusste es nicht so genau.

„War das, weil dein Wunsch
nicht berücksichtigt wurde?"
Das fragte Susanne Alina.
Susanne hatte in der Musik-Stunde bemerkt,
dass Alina etwas sagen wollte.

Susanne konnte sehr schnell verstehen.
Sie konnte sich auch gut in andere einfühlen.
Alina wunderte sich, dass Susanne Alinas Gefühle
so gut aussprechen konnte.

Sie nickte. „Ja, genau", sagte sie.
„Passiert das oft, dass jemand anders schneller ist?"
Susanne fragte das Alina.
Alina nickte. „Immer."

„Du konntest aber alle Lieder auswendig."
Das sagte Susanne. Sie hatte es selbst erlebt.
Sie hatte ja neben Alina gesessen.
„Ich bin aber zu langsam beim Wünschen."
Das sagte Alina.

Die beiden gingen ein paar Schritte schweigend nebeneinander her.
Dann hatte Susanne eine Idee.
„Du kannst doch gut auswendig lernen?"
Das fragte Susanne.
„Ja." antwortete Alina. Sie verstand noch nicht, was Susanne ihr sagen wollte.
„Dann leg dir doch vor der Musik-Stunde den Titel von dem Lied zurecht, das du wünschen willst."
Das empfahl Susanne.

Alina verstand sie noch nicht.
Sie merkte aber,
dass Susanne es gut mit ihr meinte.
„Du weißt doch jetzt, dass ihr euch nach der nächsten Musikstunde ein Lied wünschen dürft."
Susanne erklärte so langsam, wie sie konnte.
„Ja", sagte Alina.
„Du kannst dir also jetzt schon ein Lied aussuchen."
Das empfahl Susanne.

Alina grinste. Sie war noch nicht auf die Idee gekommen.

Susanne erklärte weiter: „Du schreibst den Titel
von deinem Wunsch-Lied auf einen Zettel.
Dann lernst du den Titel auswendig.
Den Zettel kannst du dir auf deinen Tisch
im Klassenzimmer legen.
Dann erinnert er dich die ganze Musik-Stunde
an deinen Wunsch.
Sobald Frau Barth nach einem Wunsch-Lied fragt, rufst
du das Lied in den Raum. Dann bist du schnell genug."
Susanne sprach jeden Satz sehr langsam.
Sie fand es anstrengend. Aber sie wollte Alina helfen.
Schließlich saß sie jetzt neben ihr in der Klasse.

Alina kratzte sich am Kopf. Dann lächelte sie.
„Das könnte klappen." Das sagte sie zu Susanne.

Sie probierte es gleich aus.
Als erstes überlegte sie,
welches Lied sie sich wünschen wollte.
Es sollte ein besonderes Lied sein.
Ihr fiel ein altes Western-Lied ein.
Das würde gut passen.
Das Lied hatte Frau Barth den Kindern
in der 1. Klasse beigebracht.
Alina wollte sich mit ihrem Wunsch bei Susanne
bedanken.

Den Titel schrieb sie auf ein Blatt Papier.
Sie war sehr aufgeregt.
Die ganze Woche lernte sie den Titel auswendig.
Obwohl er gar nicht so schwer war.
Nicht einmal für Alina.

Dann nahm sie das Blatt mit
in die nächste Musik-Stunde.
Sie legte es vor sich hin.
Genau, wie Susanne gesagt hatte.
Susanne sagte nichts, als sie den Zettel vor Alina sah.
Susanne hoffte, dass es klappen würde.
Aber ihre Wangen wurden etwas rot,
als sie den Titel las.
„Was möchtet ihr heute singen." Das fragte Frau Barth
5 Minuten vor dem Ende der Stunde.
Wie immer.

„Oh, Susannah!" Das rief Alina ganz laut in den Klassenraum. Es klang sehr laut. Wie aus der Pistole geschossen. Aber das macht nichts.
Das passt ja zu einem Westernlied.

Frau Barth guckte Alina verwundert an.
Alle Kinder drehten sich verwundert zu Alina um.
Nur Susanne blickte stolz zu ihr auf.
Sie hatte es wirklich geschafft!

Alina erwiderte Susannes Blick.
Sie war auch stolz auf sich.
Und sie war Susanne dankbar.
Die verstand natürlich sofort,
warum Alina den Titel gewählt hatte.

Frau Barth nickte. Sie freute sich, dass Alina zum ersten Mal keinen Wut-Anfall in ihrem Unterricht hatte.
„Wer kennt das Lied noch?“ Das fragte sie alle Schülerinnen und Schüler.
Das Lied hatten sie nur ganz kurz in der ersten Klasse gesungen. Sie glaubte nicht, dass es noch jemand auswendig konnte. Die meisten Kinder vergaßen Lieder schnell, wenn sie sie nicht oft singen.

Es meldete sich niemand.
Nur Alina. Sie war die einzige, die es singen konnte.
Alle anderen hatten es vergessen.
Frau Barth ging zum Schrank
und holte die Noten und Texte.
Die verteilte sie.
Dann setzte sie sich ans Klavier.

Dieses Mal sang auch Susanne mit.

Mario Herschel

Hamburger Requiem

von Sören Heim

Wenn die Punker wieder auf den Freitreppen sitzen
wenn die Eiscafés öffnen und der Schlachthof stinkt

ist Frühling, ist Frühling.

Dann gehn wir noch einmal zu Ahab‘s beim Bunker
wo man Witze erzählt, und Grog lustig trinkt,

im Frühling, im Frühling.

So sprach ich leise am tiefen Grabe
wo ich im Herbste deiner gedacht:

mir ist, die Erd‘ hab gelacht ...

Binde deinen Karren an einen Stern

von Marie-Luise Erner

Natürlich musst du dann auch zu dem Stern hinsehen,
hinaufschauen.
Und dabei hebst du den Kopf,
du hebst den Kopf in die Sterne, in den Himmel.

Das ist gut – Blick-Wechsel, Richtungs-Wechsel.
Weg vom Dreck,
in dem dein Karren vielleicht gerade steckt.
Was ja immer wieder im Leben passieren kann,
ist mal so.
Und statt dich zu mühen
und zu ziehen und zu zerren
– und dabei Gefahr zu laufen,
dass die Räder deines Karrens sich festfressen
und du mit ihm immer weiter in den Dreck,
in den Morast, den Sumpf gerätst,
in die Qual, in die Trauer, den Geld-Mangel;
dich in die Angst hinein-arbeitest,
in zu engen Schuhe, kratzigen Jacken und
rostigen Beziehungen stecken bleibst – halt inne,
schau auf zum Stern
und binde die Deichsel deines Karrens an den Stern.

Vielleicht passiert nicht viel – ein bisschen was passiert
auf jeden Fall:
du guckst in den Himmel, nach oben, Kopf hoch.
Vielleicht siehst du das Glitzern und Leuchten
deines Sterns
und freust dich ein wenig,
auch wenn du eben vorher gar nicht fröhlich warst.

Vielleicht tut es gut, deinen Rücken gerade zu machen
und dich zu strecken,
weil der Ärmste vom vielen Karren ziehen
und in den Morast starren ganz krumm und gedrückt
und verspannt ist.
Und du bemerkst, dass die gerade, aufrechte Haltung
ihm gut tut.

Vielleicht kannst du etwas besser Luft kriegen
und tiefer atmen,
weil nicht dein Brust-Korb mehr vom nach unten
hängenden Kopf gedrückt wird.

Vielleicht ist es auch einfach nur schön,
das Leuchten des Sterns zu sehen,
das Funkeln in der Dunkelheit.
Und vielleicht fliegt eine Fleder-Maus vorbei
oder eine stille Eule
und du machst Pause vom Zerren

und bemerkst, wie groß der Himmel ist
und wie weit und still,
wenn du nicht mehr keuchst
und in der Matsche trampelst.

Und weil es still ist und du einfach da stehst und
in die Himmels-Kuppel guckst,
fällt dir vielleicht Karl-Heinz ein und Jutta und Monika,
die du schon so lange nicht mehr gesehen hast
und dass du sie fragen könntest, ob sie ziehen helfen,
den Karren wieder flott kriegen helfen.
Und möglicherweise bringen sie noch Uschi und Uwe
und Annette und Werner mit und ein Fässchen Wein und
Brot und Käse
und ihr folgt dem Stern mit Wein, Brot und Käse
und mit Gesang und Leichtigkeit
und stellt fest,
dass es so schön wie hier im Himmel gar nicht sein kann.

Und möglicherweise lacht ihr und tanzt
oder findet schöne Sätze.
Oder ihr macht Feuer und
erzählt euch Geschichten und Witze
oder singt Lieder, die ihr lange nicht gesungen habt
oder ihr macht gar nichts und sitzt einfach nur da.
Oder du findest deine große Liebe
und sie sagt dir: In deinen Armen tanzt mein Herz.

Oder du rauchst einen Joint.
Oder kochst einen Kaffee am Feuer wie im wilden Westen.
Es kann auch sein, dass du einen Brief findest
im Ast eines Baumes hängend,
in dem steht: Wann wird es endlich wieder so sein
wie es nie war?

Oder du pflückst einen Apfel ab
und siehst einem Eichhörnchen in die Augen,
natürlich nur ganz kurz, weil es dann weiter muss.

Und der Karren?
Du meinst, was mit dem Karren ist?
Keine Ahnung, vielleicht ist er längst an seinem Ziel
angekommen,
vielleicht tauscht du ihn auch gegen ein Fahrrad
weil du damit leichter und schneller voran-kommst.
Vielleicht merkst du auch, dass du ihn gar nicht brauchst
und lässt ihn einfach stehen und gehst weiter.
Vielleicht sind auch die Heinzel-Männchen gekommen
und haben ihn mitgenommen.

Angelika Bartelt

Annas Freiheit

von Elisabeth Steinfeld

Als erstes geht Anna morgens gerne in den Garten.
Jetzt im Juni ist alles neu und grün.
Von den Büschen dampft und duftet es.
Was ist das?
Ein Vogel-Junges?
Ganz zart, graubraun.
Jetzt flattern die Flügel.
Anna entfernt sich ein wenig.
Sie will nicht stören.
Die kleinen Flügel flattern heftiger.
Der kleine Vogel fliegt.
Anna blickt dem jungen Vogel nach und denkt:
„So frei möchte ich sein ...“

Dann macht sie sich an die Arbeit.
Um halb 12 hat Anna viel geschafft:
Frühstück für ihre 4 Männer gemacht.
Aufgeräumt.
Wäsche gewaschen.
3 Fenster geputzt.

Anna hört den Brief-Träger.
Sie rennt die Treppe herunter und greift nach der Post.
Anna breitet die Briefe erwartungsvoll vor sich aus:

Rechnung – Rechnung…
aber da!
Auf den Brief hat sie gewartet.
Die Antwort auf das Vorstellungs-Gespräch.
Wird die Firma sie nehmen?
Oder nicht?
Anna reißt den Brief-Umschlag schnell auf.
Er bekommt einen Riss. Egal!
„… freuen wir uns, Sie am 1. September um 9.00 Uhr
in unserem Büro willkommen zu heißen …“

Juhu! Sie hat es geschafft!
Sie hat eine Arbeit!
Sie reckt die Arme in Luft und brüllt: „Ja!“

Anna beginnt zu kochen.
Als erstes kommt Jonas aus der Schule.
Strubbelig blond, etwas zerstreut, 9. Klasse.
Er macht Haus-Aufgaben bis zum Mittagessen.
Dann kommt Alex.
Kräftig, groß, etwas bequem, 8. Klasse.
Er berichtet laut und fordernd von den Zumutungen
seines Lehrers.
Tim bleibt heute in der Schule.

Anna isst mit ihren Söhnen.
Sie bügelt die Wäsche und fährt Alex zum Fußball.

Aber Anna denkt die ganze Zeit an die neue Arbeit.
Endlich wieder arbeiten!
Nach Tims Geburt hatte sie aufgehört.
Die Kinder waren ihr Leben.
Der Garten, die Blumen, das Kochen.
Sie war gerne zu Hause geblieben.
Aber nun sind die Kinder groß.
Tim ist schon in der 11. Klasse.
Seit 3 Jahren möchte Anna wieder arbeiten.
Jetzt hat es endlich, endlich geklappt.

Natürlich kommt Klaus wieder erst nach sieben.
„Hey, Schatz", begrüßt er Anna.
Er geht sofort in sein Arbeitszimmer.
An der Tür fragt er: „Hast du den Camping-Platz gebucht?"
„Nein, vergessen. Aber ..."
„Warte, ich muss erst noch an den Computer."
„Aber ich möchte dir ..." ruft Anna.
„Kannst du mich nach der Arbeit nicht in Ruhe lassen?
Immer diese Zicken!", poltert Klaus und knallt die Tür zu.

Anna will sich entschuldigen.
Danach ist Klaus meistens besser gelaunt.
Nein, das macht sie heute nicht.
Und den Camping-Platz buchen?
Anna hat keine Lust, auf den Camping-Platz zu fahren.

Die Jungs hatten dort immer ihren Spaß.
Sie konnten mit anderen Kindern toben und schwimmen.

Aber für Anna war das nie Urlaub.
Sie hat Essen und Ordnung gemacht.
Geputzt und gewaschen.
Ganz wie zu Hause.
Nein.
Dieses Jahr will sie nicht auf den Camping-Platz!

„Hier kommt die Gulasch-Suppe!“
Anna stellt den Topf auf den Tisch.
„Und zur Feier des Tages gibt es zum Nachtisch
Himbeer-Eis.“
„Ich mag Gulasch-Suppe nicht“, mault Alex.
„Was feiern wir denn?“, fragt Tim.

„Ich habe eine Arbeit gefunden.
Ab 1. September für 30 Stunden in der Woche.“
„Was soll das heißen – arbeiten?“ Klaus ist empört.
Anna beißt die Zähne zusammen.
Sie will ihn nicht anschreien.

Klaus wollte nicht, dass sie arbeitet.
Es gab einen großen Streit.
Danach hat Anna ihm nicht mehr von ihren Bewerbungen
erzählt.

„Du sagst die Stelle ab.
Du wirst hier gebraucht!“
Damit ist das Thema für Klaus erledigt.
„Hast du den Camping-Platz gebucht?“

Anna fühlt sich wie eine schlechte Mutter.
Es fällt ihr schwer, die Kinder zu enttäuschen.
Aber dies ist ihr ganz, ganz wichtig.
„Nein, ich fahre nicht auf den Camping-Platz.
Ich werde am 1. September anfangen zu arbeiten.“
„Aber wir wollen auf den Camping-Platz!“, ruft Alex.

„Ich verbiete dir, diese Arbeit anzunehmen“,
poltert Klaus los.
Und Jonas fragt etwas hilflos: „Wer macht denn dann das Essen?“

„Männer können ihren Frauen nicht das Arbeiten verbieten!“
Anna ist jetzt richtig sauer auf Klaus.
Anna hält es nicht mehr aus.
Sie steht auf und geht.
Ja wohin eigentlich?
Jeder hier im Haus hat sein eigenes Zimmer.
Nur sie nicht.
Sie geht in den Garten.

Die Stimmung in der Familie wird
in den nächsten Wochen nicht besser.
Anna macht die Hausarbeit.
Sie kocht und chauffiert.
Klaus spricht kaum noch mit ihr.
Die Jungs versuchen Anna zu überreden.
Sie soll nicht arbeiten

Anna fühlt sich schrecklich.
Ist es falsch, wieder zu arbeiten?
Oder denkt ihre Familie nur an sich?
Was soll Anna machen?
Und wer sorgt für sie?

Am letzten Schultag kommt Annas Mann
früh nach Hause.
Er ruft: „Na Schatz, hast du gepackt?
Ich habe den Camping-Platz ab morgen gebucht!"
„Juhu!", schreit Alex.
„Ja, auf den Camping-Platz!", ruft Jonas.

„1 – 2 – 3 …", denkt Anna, um nicht zu explodieren.
Wie soll sie reagieren?
Kann sie überhaupt reagieren?
Doch, sie kann.

„Ich wünsche euch viel Spaß auf dem Camping-Platz, aber ich komme nicht mit.“, sagt Anna fest, dreht sich um und geht.
Inzwischen hat sie sich hinter dem Garten-Schuppen eine Ecke zurecht-gemacht.
Bank, Stuhl, Tisch und Sonnen-Schirm.
Dorthin kann sie gehen.
Zumindest im Sommer.

Anna will ihren Mann jetzt nicht sehen.
Er denkt nie an sie.
Will sie ihn überhaupt noch?
Aber was bleibt ihr anderes übrig – ohne eigenes Geld, mit drei immer hungrigen Söhnen …?

„Mama?“
Tim sieht vorsichtig um die Ecke.
„Papa will mit uns allein fahren.
Ist dir das Recht?“
„Sicher.
Fahrt ihr ruhig auf den Camping-Platz.
Ich muss mich auf die Arbeit vorbereiten.
Ich habe dieses Jahr keine Zeit dazu!“

Aus dem Start am Samstag wird nichts.
Aber Sonntag-Mittag hat Klaus den Wohn-Wagen fertig gepackt.

Die Kinder haben alles eingeladen.
„Viel Vergnügen!"
Anna umarmt die Kinder und winkt ihnen nach.

Freiheit!
4 Wochen Freiheit!
Anna lässt sich auf das Sofa fallen.
4 Wochen ohne Kochen, Waschen, Putzen.
4 Wochen ohne einen mauligen Mann.

4 Wochen ohne ihre sehr lieben Söhne.
4 Wochen ohne ihre rücksichtslosen Söhne.
4 Wochen Ausschlafen!

Denn Anna hat nie genug Schlaf.
Sie ist letzte im Bett.
Und die erste, die aufsteht.
Klaus braucht ein gutes Frühstück.

Anna holt sich einen Liege-Stuhl.
Sie legt sich in den Garten und schläft sofort ein.

2 Wochen später.
Anna sitzt mit ihrer Freundin Rosi auf Rosis Balkon.
Sie berichtet von ihrem Urlaub alleine.
Anna hat viel geschlafen und viel gelesen …

„Und was hast du Neues ausprobiert?“, fragt Rosi.
„Ich war in einem Fitness-Center.“
„Interessant.
War es gut?“
„Nein. Das ist nichts für mich.
Dann war ich segel-fliegen.“
„Mutig“, staunt Rosi.
„Natürlich nur mitgeflogen.
Das war schön.“

„Und sonst?“
„Ich habe mir eine neue Hose für die Arbeit gekauft.
Dabei habe ich entdeckt, dass Klaus mir das Geld gesperrt hat.“

„Dieser Schuft““
„Zum Glück ist genug Bargeld im Haus“, sagt Anna.
„Damit komme ich 4 Wochen aus.“
„Freiheit ist nicht immer Geld!“, ruft Rosi und lacht.
„Aber mit Geld ist Freiheit viel schöner.“

„Ich habe einen Mann kennen gelernt“, sagt Anna.
„Wen? Wo denn?“, fragt Rosi.
„In der Disko.
Ich habe früher gerne getanzt.
Aber Klaus tanzt nicht.
Samstag-Abend bin ich in die Disko gegangen.

Ich wollte tanzen.
Da war um halb 11 nur ein Mann da.
Er heißt Ulli.
Wir haben geredet.
Wir haben später getanzt.
Und er hat meine Getränke bezahlt!"

„Und weiter?"
„Nichts weiter.
Ich bin verheiratet!"
„In welchem Jahrhundert lebst du eigentlich?
Im 19.?", fragt Rosi.
„Du bist so altmodisch …"
„Ja", sagt Anna bitter.
„Ich war jahrelang nur Haus-Frau.
Ich war immer für meine Familie da.
Klaus hat mich ausgenutzt.
Nicht die Kinder.
Die Kinder haben mich gebraucht.
Aber was brauche ich?
Wer ist für mich da?"

„Du Arme.
Das ist ja wie Gefängnis."
„Nein, das ist übertrieben.
Früher war Klaus liebevoller.
Ich hatte genug Geld.
Ich wusste genau, wie jeder Tag aussieht. …"

„Aber?‘“
„Aber ich habe mich selbst verloren.
Mein Wunsch nach Arbeit ist ein Wunsch nach Veränderung.“
Annas Stimme ist voll Sehnsucht.
„Weiter so! Wollen wir am Wochenende zusammen paddeln?“
„Sehr gerne.
Ich freue mich, dass wir uns immer noch so gut verstehen.
Die letzten Jahre haben wir uns selten gesehen.“

Anna geht nachdenklich nach Hause.
Freiheit. Sich selbst wieder entdecken.
Sie weiß, wie viel sie für die Familie getan hat.
Sie möchte weniger putzen.
Sie braucht etwas Eigenes.
Sie möchte arbeiten.
Heißt das ... Trennung?
Anna merkt, wie sie schneller geht.

Trennung.
Von Klaus.

Aber sofort kommt die Angst.
Kann sie im Haus wohnen bleiben?
Der Computer – das hat Klaus immer gemacht.
Und das Geld?

Anna setzt sich auf eine Bank im Park.
Angst vor Einsamkeit.
Angst vor der Zukunft

Anna weint.
Sie weiß nicht, was sie machen soll.
Klaus oder die Angst?
Ihr Garten oder eine Etagen-Wohnung?
Und die Jungs?

Jetzt ist es ganz dunkel. Anna ist kalt.
Die Blätter der Birke rascheln leise
Ein Vogel ruft.
Hinter einer Wolke ist der Mond.

Ein Mann geht durch den Park.
Er durchsucht die Papierkörbe.
Anna hat Angst.
Ist das ihre Freiheit?
Sich auf der Parkbank zu Tode fürchten?
Wie kann sie frei sein, wenn sie Angst hat?

Und wovor?
Einsamkeit?
Computer?
Papierkram?
Nein, das schafft sie.

Anna steht auf.
Sie macht sich ganz groß
und geht entschlossen nach Hause.

2 Wochen später.

Als erstes geht Anna am Morgen in den Garten.
In 2 Tagen kommt ihre Familie zurück.
Vom Camping-Urlaub.
Anna hat sich entschieden.
Sie wird eine Putz-Frau einstellen.
Sie wird in Zukunft einen Abend in der Woche Sport machen.
Sie wird ihr eigenes Konto eröffnen.
Denn sie wird arbeiten.

Anna spürt das feuchte Gras unter ihren nackten Füßen.
Sie entdeckt ein Unkraut im Boden. Sie reißt es nicht gleich aus.
Freiheit – das ist die Entscheidung:
tu ich es, oder tu ich es nicht.

Sie wird mit Klaus sprechen.
Wenn er mitmacht, ist das ein neuer Anfang
für die Familie.
Und wenn Klaus das alles nicht will,
wird sie sich von ihm trennen.

Jetzt hat sie keine Angst mehr.

Ein junger Vogel landet in Annas Garten.
Und fliegt wieder hoch.
Elegant und sicher.
Frei. OK gute entscheidung

Neger und Nazis

von Michael Roth

Friedrich muss Nazi sein, auch wenn ihm das
gar nicht gefällt.
Sein Bruder ist einer, sein Vater ist einer und sein Opa
war einer.
Angeblich ein richtiger Obernazi,
noch mit Uniform und so.
Friedrichs Küche sieht aus wie ein Nazi-Kabinett.
„Unsere Wände sind mit Hakenkreuz-Fahnen tapeziert,
auf dem Tisch liegt eine braune Tischdecke und mitten
an der Wand – wo bei euch ein Holz-Kreuz hängt –
hängt ein Foto vom Führer“, erzählt Friedrich.
„Wem?“ „Na, Hitler. Der hat Deutschland angeführt.“
„Aha“, sage ich.

Ich bin ein Neger. So nennt mich jedenfalls immer
Friedrichs Bruder.
Momma schimpft über Menschen,
die dieses Wort benutzen.
Sie findet, es ist besudelt und gehört schon lange
nicht mehr in unsere Zeit.
Ich weiß nicht, was sie damit meint, aber ich hüte mich,
es vor ihr zu sagen. Sonst wird sie tierisch sauer.
Als ich mal richtig wütend auf Friedrich war,
habe ich ihn auch Neger genannt.

Da hat er nur gelacht und behauptet,
ich wüsste ja gar nicht, was das ist.
Ich wollte das natürlich nicht zugeben,
aber ich musste im Internet nachschauen.
Da habe ich auch verstanden, was Momma mit besudelt
meinte und ich finde, sie hat Recht.
Das Wort ist echt nicht cool.

Ansonsten streiten Friedrich und ich uns eigentlich nie.
Wir sind seit Ewigkeiten beste Freunde,
auch wenn ich ihn noch nie besuchen durfte,
weil sein Vater mir den Hals umdrehen würde.

Mich besucht Friedrich leider auch fast nie,
da Momma dann immer ein wenig nervös ist
und das strengt mächtig an.
Deshalb sitzen wir fast jeden Tag
zusammen auf dem Dach des Plattenbaus.
Denn hier oben können wir
ganz ungestört zusammen rumhängen.
Das ist nämlich unser Dach, und auf unserem Dach
reden wir, wie und was wir wollen
und das ununterbrochen.
Sobald der eine fertig ist, fängt der andere schon
wieder an.
Wir sind wie Momma, wenn sie mit ihrer Momma
telefoniert. Es ist ein pausenloses Gequassel.

Nur heute ist Friedrich schweigsamer als sonst.
Er grunzt sich was von „Hmm“ und „HmHm“ zusammen,
während meine Zunge schon ganz heiß-gelaufen ist.
„Was is‘n los?“ „Nix.“
„Sag mal, wir sind hier aufm Dach. Hier ist alles okay.“
„Hmm.“
„Schau mal, das muntert dich bestimmt auf.
Habe ich aus unserer Süßigkeiten-Kiste.“

Ich greife in meinen Jute-Beutel.
„Schaum-Küsse, die findest du doch so super.
Dein Vater kauft sie ja nie.“
„Wir ziehen weg.“
„Was?“
„Ja.“
„Warum? Wohin?“
„Es ist mein Papa. Er fühlt sich verraten.
Ihn nervt die Erdgeschoss-Wohnung, weil ständig
Kinder aus der ganzen Nachbarschaft kommen
und in unsere Küche reinglotzen.
Sie wollen das Bild, die Flaggen und uns sehen.
Als wären wir irgendwelche Tiere im Zoo.
Außerdem wurde unsere Tür mit roter Schrift beschmiert.
Da steht ...“
„Nazis raus“, beende ich den Satz.
„Genau. Deutschland ist zu wenig deutsch,
sagt mein Vater.“

„Was meint der denn damit?“
„Na Juden, Türken, Zigeuner und Neger. Ausländer eben.
Ihr seid ein arbeitsloses Pack, sagt er.“
„Aber meine Momma hat einen Job.
Sie arbeitet den ganzen Tag,
manchmal sogar samstags.“
„Na, das ist ja auch ein Problem.
Ihr nehmt uns die Jobs weg, sagt mein Bruder.“
„Das verstehe ich nicht.“
Friedrich zuckt mit den Schultern.
„Ja, ich eigentlich auch nicht.
Auf jeden Fall ziehen wir weg.
Papa ist es zu gemischt hier. Er sucht was Deutscheres.
Was gleiches.“

Wir schweigen beide und schauen in Richtung Sonne.
Das schwache, orange Flimmern hinter den
Häuser-Reihen wirkt wie ein Zuwinken.
Als wollte sie sich für heute verabschieden
und schon mal Tschüss sagen.

„Im Dunkeln sehen wir alle gleich aus oder?“,
fragt Friedrich.
„Ja.“, antworte ich.
„Dann finde ich, die Sonne sollte sich
für immer verstecken.“

Einfach

von Mirko Swatoch

Einfach soll die Sprache sein,
Leben ist schon schwer genug.
Schwere Worte sind gemein,
und sie klingen 9-malklug.

Also sprich, wenn du was sagst,
so, dass du es selbst verstehst,
ohne dass du andre plagst,
ihnen auf die Nerven gehst.

Auf den Boden kehr zurück,
mit den Augen sieh uns an.
Worte tragen, bringen Glück,
wenn man sie verstehen kann.

Autoren

Achim Amme

Bäume im Wind

Er ist 1949 in Celle geboren.
Er lebt in Hamburg.
Er ist Schriftsteller
und Schauspieler.
Er schreibt für Zeitungen und Bücher.
Er spielt in Filmen, zum Beispiel im „Tatort“.

Carmen Bock

Das Märchen vom unzufriedenen Schuhputzer

Sie ist 1973 in Hannover geboren.
Sie lebt in Oberbayern.
Sie ist Lehrerin für Englisch
und Spanisch.
Seit einigen Jahren schreibt sie Kurz-Geschichten.

Ulrike Bruder
Tina und Kurt

Sie ist 1961 geboren.
Sie lebt in Freiburg.
Sie ist Sozial-Pädagogin.
Sie interessiert sich schon immer
für Literatur.
Sie schreibt seit vielen Jahren selbst.

Marie-Luise Erner
Binde deinen Karren an einen Stern

Sie ist 1950 geboren.
Sie lebt in Fuldatal bei Kassel.
Sie ist Psycho-Therapeutin.
Schreiben gehört zu ihrem Leben.

Sören Heim
Hamburger Requiem

Er ist 1984 geboren.
Er lebt in Rheinland-Pfalz.
Er ist Journalist, Übersetzer und
Schriftsteller.
Er schreibt Geschichten und Gedichte.
Und er schreibt für Zeitungen.

Felix Holzmair
Bahnfahrt

Er ist 1983 in Wien geboren.
Er lebt und schreibt in Wien.
Er ist Schauspieler, Schriftsteller
und Philosoph.
Für ihn ist Kunst eine Möglichkeit,
die Welt zu verbessern.

Marlies Kalbhenn
Meine Freundin Anna

Sie ist 1945 geboren.
Sie lebt in Nordrhein-Westfahlen.
Sie unterrichtet an der
Volkshochschule Literatur.
Sie schreibt Gedichte
und Geschichten.
Sie hat einen eigenen Verlag.

Klara Kern
Hannahs Glück

Sie ist 1976 geboren.
Sie lebt im Kreis Heilbronn.
Sie ist Psychologin und arbeitet mit Straftätern.
Sie schreibt Erzählungen.
Zur Zeit schreibt sie einen Roman.

Jonas Kleindienst
Berlin

Er ist 1983 in Konstanz geboren.
Er lebt und arbeitet in Berlin.
Er ist Historiker und Archäologe und arbeitet in einem Museum.
Er schreibt Kurz-Geschichten.

Liane Koch
Der Wasserhahn

Sie ist 1984 in Berlin geboren.
Sie arbeitet in einem Kindergarten.
Sie schreibt Gedichte seit sie 10 Jahre alt ist.
Die Gedichte handeln von Situationen im Alltag.

Andrea Lauer

Küssen gehört zum Erwachsensein

Sie ist 1972 in Thüringen geboren.
Sie lebt in Berlin.
Sie ist Schriftstellerin und schreibt Geschichten und Romane.
2013 hat sie den Wettbewerb vom LEA Leseklub gewonnen.

Jürgen Lorenzen

Der Flüchtling aus Afrika

Er ist 1959 an der Ostsee geboren.
Er lebt in Münster.
Er ist Schauspieler und Regisseur.
Er arbeitet am Theater.
Er schreibt Geschichten und Gedichte.

Alexandra Lüthen

Maras Baby

Sie ist 1977 geboren.
Sie lebt in Berlin.
Sie ist Schriftstellerin.
In ihren Geschichten geht es um das Leben, um Begegnungen, Beziehungen und Entwicklungen.

Dörte Müller
Morgens im Garten

Sie ist 1967 im Harz geboren.
Sie lebt in den Niederlanden.
Sie arbeitete als Lehrerin.
Sie schreibt Kurzgeschichten.
Sie schreibt Bücher für Kinder und Jugendliche.

Nelly Neukirchen
Der STEFAN-Keks und das große Glück

Sie ist 1969 geboren.
Sie lebt in Bonn.
Sie ist Hydrologin.
Sie schreibt schon lange Geschichten.

Charlotte Richter-Peill
Laura rettet die Welt

Sie ist 1969 in Nürnberg geboren.
Sie lebt in Schleswig-Holstein.
Sie ist Schriftstellerin.
Sie schreibt für das Radio.
Sie hat Romane und ein Jugend-Buch veröffentlicht.

Michael Roth

Neger und Nazis

Er ist 1990 geboren.
Er lebt in Siegen.
Er studiert Informatik.
Er schreibt Kurz-Geschichten.

Elisabeth Steinfeld

Annas Freiheit

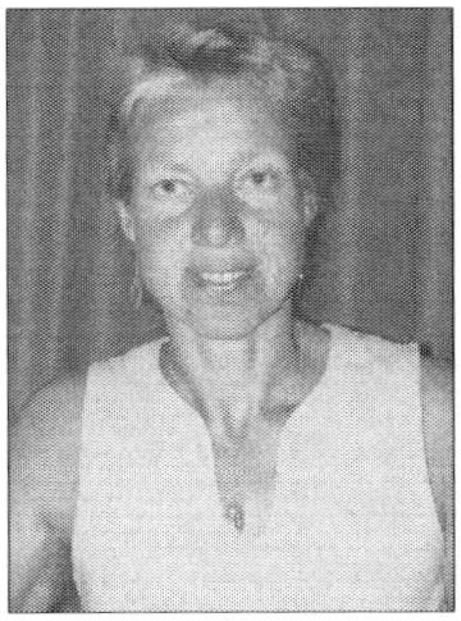

Sie ist 1962 geboren.
Sie lebt bei Hamburg.
Sie ist Bibliothekarin.
Sie schreibt seit sie lesen kann.
Sie schreibt Kurz-Geschichten.

Mirko Swatoch

Einfach

Er ist 1963 geboren.
Er lebt auf der Schwäbischen Alb.
Das ist in Baden-Württemberg.
Er ist Schriftsteller.
Er schreibt Lieder, Gedichte und Geschichten.

Ellen Westphal
Das Lied

Sie ist 1968 geboren.
Sie lebt in Kiel.
Sie ist Juristin und Redakteurin.
Sie veröffentlichte als Schülerin
erste Gedichte.
Sie schreibt Gedichte, Märchen,
und Geschichten.

Die Bilder in diesem Buch sind von Künstlern der Kunst-Werkstatt der Lebenshilfe Berlin.

Die Werkstatt gibt es seit 1996. Mitarbeiter des Betreuten Einzelwohnens der Lebenshilfe Berlin leiten sie. Künstler können sich hier ausprobieren und Neues wagen. Die Mitarbeiter unterstützen zum Beispiel bei der Themen-Auswahl, den Techniken und der Farbwahl. Die Bilder der Künstler werden regelmäßig ausgestellt.

Die Bilder sind von Angelika Bartelt, Mario Herschel, Klaus Kraus, Herbert Meyer, Karin Peterseim, Hildegard Wittur und Rudolf Xanke.

LEA Leseklub®

Was ist ein LEA Leseklub®?

Der LEA Leseklub ist ein Lesekreis für Erwachsene mit und ohne Behinderung. Sie treffen sich einmal in der Woche zum gemeinsamen Lesen. Die Treffen finden in einem gemütlichen Café statt.

- Jeder kann mitmachen!
- Man muss nicht lesen können
- Man muss nur Lust auf Bücher und Geschichten haben

Was macht man im LEA Leseklub®?

- Gemeinsam ein Buch lesen
- Sich mit Freunden treffen und unterhalten
- Über das eigene Leben sprechen
- Gemeinsam Kaffee trinken

Jeder Leseklub hat 4 bis 6 Mitglieder.
Zwei ehrenamtliche Mitleser unterstützen jeden Leseklub.
Der Leseklub dauert eine Stunde.

Der LEA Leseklub ist ein Projekt von KuBus e.V.
Wenn Sie mehr über den LEA Leseklub wissen möchten,
schreiben Sie uns: lea@kubus-ev.de
oder leseklub@lebenshilfe-berlin.de

Simone Seitz, Nina-Kathrin Finnern,
Lisa Pfahl, Katja Scheidt (Hrsg.)

Ist Inklusion gerecht?

Inklusions-Forschung in leichter Sprache

1. Auflage 2013, 17 x 24 cm, broschiert, 144 Seiten
ISBN: 978-3-88617-541-3; Bestellnummer LEA 541
13,– Euro [D]; 17.– sFr.

In diesem Buch geht es um Inklusion. Und es geht um gleiche Rechte für alle beim Lernen. Heute wird viel über Inklusion gesprochen.

Doch es ist wichtig, dass alle Menschen über Inklusion mitreden können. Denn Inklusion heißt: Alle Menschen gehören zur Gesellschaft dazu. Niemand wird ausgeschlossen. Alle dürfen mitbestimmen.

Deshalb gibt es dieses Buch in leichter Sprache. Forscher und Forscherinnen machen sich darin Gedanken: Wie passen Inklusion und gleiche Rechte für alle zusammen? In diesem Buch schreiben sie darüber,

- was sie über Inklusion herausgefunden haben;
- wie es kommt, dass manche Menschen ausgeschlossen werden;
- welche Hilfen diese Menschen brauchen;
- welche Hindernisse für Inklusion es noch gibt;
- und wie Inklusion und gleiche Rechte für alle zusammenpassen.

Bestellungen an:
Bundesvereinigung Lebenshilfe e.V., Vertrieb,
Raiffeisenstraße 18, 35039 Marburg
vertrieb@lebenshilfe.de, Tel.: 06421 491-123, Fax: 06421 491-623,
www.lebenshilfe.de